長編サスペンス

女坂

新生・女喰い

広山義慶

祥伝社文庫

目次

序章

被告人・西城和馬《さいじょうかずま》を懲役十二年の刑に処す。

男を一人殺して一人の男を半殺しにしたのだから仕方がない。後悔もしていないし反省もしていない。

西城和馬は担当弁護士に、刑を軽くして欲しかったら、裁判官に反省の色をきちんと見せなさいとうるさく説得され、法廷ではしおらしくお芝居の反省を見せようと努力はしたが、腹の中ではまったく反省などしていなかった。

それにしても十二年。判決を受けた瞬間は目が眩《くら》む永《なが》さだったが、しかしその日を迎えてしまえば、あっという間の早さだった。

十二年が過ぎて、西城和馬は千葉刑務所を出た。

出迎え人はなかった。若い真面目な弁護士先生は、和馬の頑《かたく》なな性格に愛想を尽かしたのか、裁判が結審したとたんに、和馬を見放した。

もともと和馬は天涯《てんがい》孤独の身である。七歳のとき、両親が交通事故で死亡。身寄りがなかったから孤児院に入れられて結構楽しい時間を過ごす。

しかし高校時代に施設を脱走し、上京。錦糸町《きんしちょう》駅に近い運送店に見習いとして潜《もぐ》り込んだ。

クルマを運転したかった。必死に学んだ。先輩たちも和馬の熱意にほだされたのか、忙しいのに暇を見ては教えてくれた。

お陰で半年で普通免許を取り、二十歳《はたち》になると同時に大型免許も取得して正社員になった。

恋人もできた。錦糸町駅前の喫茶店でウエイトレスとして働く女の子だった。彼女のアパートと和馬の会社の寮が近く、時々顔を合わせていた。

出会いは錦糸町で有名な猿江恩賜《さるえおんし》公園。会社の寮から近いので、休みの日にはたびたび足を向けて密林のような深い木立《こだち》を楽しんでいた。

そこでその女の子が四、五人のチンピラたちに囲まれて苛《いじ》められていた。

「止《や》めろ！」

和馬の体はばね仕掛けのごとく長髪や角刈りのチンピラどもの輪の中に突進した。

「なんだ、この野郎は。のしてまえ！」

チンピラというより悪質な暴走族風であった。錦糸町にはやくざ者が多いから気をつけろと、会社の先輩たちから聞いていたが、その下っ端のチンピラと出会ってしまったらしい。

しかしチンピラであろうとなかろうと、和馬は腕力には自信があった。孤児院でも腕白《わんぱく》として名を売り、しょっちゅう院長先生にお説教を喰らっていた和馬である。

だが、心を寄せる女の子を庇《かば》いながらの防戦はおぼつかない。しかも相手は五人。たちまち叩きのめされて、鼻血が噴き出し、目の辺りからも血飛沫《しぶき》が飛んだ。

こいつはやばいぞ……。

そう思ったとき、

「止めんか！」

鋭い声とともに、チンピラどもが右に左に投げ飛ばされるのが見えた。チンピラどもは男の顔を見て、尻尾《しっぽ》を巻いて脱兎《だっと》のごとく逃げ去った。

「有難うございます」

彼女が剝《は》ぎ取られた下着を胸に抱えて深々と頭を下げた。和馬も鼻血をハンカチで押さえながら、同じように頭を下げた。

「きみは駅前の喫茶店に勤めてるお嬢さんだね」

カラーシャツを着込んだ体格のいい男がきりりと引き締まった面上に、ほっとするような微笑を浮かべた。

「はい」

彼女が嬉しそうに答えると、

「きみを目当てに行く客が半分以上だそうだね」

男がからかうように言った。

「そんな」

彼女は頰を赤らめた。

「しかしお似合いのカップルだ。羨《うらや》ましいくらいだ」

「あ、違います。僕はただ、通りかかっただけです」

和馬は慌てて弁解した。

「そうなんです。アパートはお互いに近いんですが、お話しするのは今が初めてなんです」

　彼女も弁解した。

「まだ何も話していないよ」

　和馬は再度、訂正した。

「ははは」

　男が笑い出した。

「相思相愛の若い男と女が胸のうちを明かした瞬間だな。そんな感動的な瞬間に立ち会えるとは嬉しいね」

　まるで恋のキューピットのようなセリフを口にした。

　まさにキューピットだった。和馬と彼女は顔を見合わせて頬を赤らめ、お互いに名乗りあった。

「赤木佐知子《あかぎさちこ》です」

「西城和馬です」

「カズマ？」

　男がちょっと驚いたような顔で言った。

「珍しい名前だね。どういう字かな」

名前の珍しさは餓鬼《ガキ》の頃から悩みの種で、こんな名前をつけた親をどれだけ恨《うら》んだことか。それが今では慣れっこになっていた。

「平和の和に馬です」

「ほう？　平和な馬か。きみはあまり平和ではなさそうだな」

カラーシャツの下の頑丈そうな胸が波打って笑った。

「おじ様は？」

佐知子が遠慮《えんりょ》のない口調で聞いた。

「おじ様かあ。そうだな、きみたちから見ればおじ様にちがいない」

男は真面目な顔で微笑《ほほえ》んで、

「今日はこんな格好だから名刺は持ってないが、菅原《すがわら》と言うんだ。長らく錦糸町に住んでいてね。今は新橋《しんばし》に移ったんだが、この町が忘れられなくて、暇を見つけてはこの猿江公園とか、ちょっと足を延ばして荒川《あらかわ》土手を散歩しにくるんだよ」

錦糸町にある場外馬券売り場の近くで喫茶店を開いていたということだった。

「菅原……なんというんですか？」

佐知子が遠慮なく聞いた。

「ははは、実はね、わたしも馬なんだ。志津馬《しづま》。志《こころざし》に港の津、それに馬だ」

「菅原志津馬さんですか？」

佐知子が目を丸くして、

「素敵なお名前ですね」

「和馬と似てますね。嬉しいです」

なぜかそのときの心弾《はず》むような嬉しさが、今も心のどこかに残っている。

それからの一年半ほどが和馬の人生のすべてと言っていい。赤木佐知子という可愛らしい恋人との熱い恋が始まったし、菅原という正体不明の紳士とも親交を深め、和馬が休みの日には必ず錦糸町へやって来て、都合《つごう》がつけば佐知子も誘って猿江公園を散歩し、彼の高級車で荒川土手まで行って、河口あたりまで歩いたこともある。荒川土手の青草の上に尻を下ろし、和馬は問われるままに幼い頃に両親を交通事故で失い、孤児院で暮らしたときの思い出などを語ったこともある。母親の思い出話を口にしたときには、佐知子が和馬の傍《かたわ》らで、自分がお母さんの代わりになってあげると涙ながらに言って、菅原を感動させたこともある。

だが、幸せな時間は短かった。和馬が成人式を済ませて二月後、仕事の帰りを例の五人組のチンピラに待ち伏せされ、相手のドスを奪って一人を殺し、一人の脇腹をえぐって重傷を負わせた。佐知子の十九歳の誕生日であった。

一章　来客

1

「社長、受付からの報告ですが、妙な客がぜひ社長に会いたいと言って、帰ろうとしないそうなんですが」

秘書課長が社長室に入ってくるなり、困惑した顔で報告した。

「うん？」

社長の宮野木《みやのぎ》兼次郎《けんじろう》はデスクの上の書類から眼を離さず、あいまいな声を返した。

「西城と名乗っているそうですが」

「予定表にある名前かね？」

宮野木社長は問うた。重要な書類が宮野木の押印を待って、デスクの上にうずたかく積まれている。つまらない話で時間を無駄にされたくない。

「いいえ。予定表には入っておりません」

「それなら帰ってもらいなさい」

「承知しました」

秘書課長の福島《ふくしま》は恭《うやうや》しく一礼して社長室を出て行った。

稀代《きたい》のスケコマシと言われて世間を騒がせた菅原志津馬が築き上げた天人会《てんじんかい》を礎《いしずえ》にして、さらに発展させて株式会社・天人社として成長し、社主・菅原志津馬の後をついで社長職に就いて早や十年。天人社は全国に五十店舗を持つまでに成長し、忙しさは二倍にも三倍にも脹《ふく》らみ、身体がいくつあっても足りない。千人近い会員を抱えていた天人会からの出発だから、事務や経理に明るい人物など皆無《かいむ》で、創立七年経《た》った今でも、その方面の手が足りず、まして社長を補佐する人材などはいない。相棒の黒崎英夫《くろさきひでお》は天人社の頭脳として、新製品や新企画の掘り起こしで、十人ばかりの切れ者をどこかから引き抜いてきて、天人社を支えている。この七年で事務関係の人材は何とか形だけはできたが、宮野木から見れば、まだおぼつかない部分が目に付いてならない。

本社は丸《まる》の内《うち》の高層ビルの二十階に置いたが、いまだに少しばかり急ぎすぎたかなという不安は拭い切れない。早いところ、社長を支えうる副社長か専務が欲しいと、願う毎日であった。

再度、社長室のドアがノックされて、福島秘書課長が顔を出した。

「すいません。どうしても会いたいと言って。初代のゆかりのものだと言っているそうですが」

「初代？　菅原志津馬会長のことか？」

宮野木は思わず驚きの声を発した。

「ハイ。初代の名前を出しているそうです」

「電話をここに繋げなさい」

「はい」

秘書課長は部屋を出て行き、待つほどもなく宮野木の卓上の電話が鳴った。

「わたしだ。その客とやらを出しなさい」

「承知いたしました」

受付嬢の緊張した声が途切れて、すぐに低音の男の声が出た。

「もしもし、社長さんですか」

悪ふざけや企業狙いの悪党の声ではなさそうだった。度胸は据わっている声だが、悪意は感じられない。

「そうです。社長の宮野木ですが、ご用件は？」

宮野木も相手に応じた声を返した。

「宮野木？　ああ、思い出した。菅原さんから聞いたことがあります。確か裏情報のプロとか」

「ご用件はなんでしょうか」

宮野木は相手の言葉を無視した。

「お聞きしたいことがあるんですが」

「なんでしょうか」

「菅原志津馬サンのお墓はどこにあるのでしょうか」

「墓？」

突拍子もない質問に、宮野木は怒りが胸底に走って、

「そんなことをお聞きになってどうするのですか」

返した声に憤《いきどお》りが滲《にじ》んだ。

「勿論《もちろん》、お参りさせてもらおうと思いまして。天人社の社長さんならご存知だろうと推測してお訪ねしたわけです」

尤《もつと》もらしいことを言う、と、宮野木の憤りはさらに募《つの》り、

「菅原の墓に何かご用でもあるのですか」

突き放すような口調で応じた。

「お参りさせてもらうだけです。いけませんか？」

宮野木の気分が男に通じたのか、声に反抗の響きが含まれた。

「墓参りに横槍を入れるつもりはありません」

忙しい時間を邪魔された腹だたしさは、いささか大人気なさ過ぎると、宮野木は気がついて、

「菅原の墓は房総《ぼうそう》半島の突端の館山《たてやま》市の海音《かいおん》寺にありますが」

と、穏《おだ》やかな声で応えた。

「館山？　遠いのですか」

相手の声は真剣みを帯《お》びて聞こえた。

「アクアラインでだいぶ便利になりましたが、それでも車で二時間はかかるでしょう」

「電車なら？」

「本数が少ないですが特急なら東京駅から一時間五十分くらいだと思いますが」

「そうですか。わかりました。明日にでも電車で行ってみますよ」

「失礼ですが、お名前は？」

宮野木は事務的に聞いた。思えばこの質問から、今は亡き稀代のスケコマシと言われた菅原志津馬がこの世に蘇《よみがえ》ったのかもしれない。

「西城和馬です」

カズマ!?

冷たいものが宮野木の背筋と額に走った。

「菅原とのご関係は?」

「昔、錦糸町で危ないところを助けてもらって、一年半ほどお付き合いくださったのです。命の恩人であり、よき師匠《ししょう》でもありました」

思いがけない言葉が返ってきて、宮野木の心臓の鼓動が高鳴って、受話器を握り締めた手が震えるのを感じた。

「それではどうもありがとうございました」

「ええ……」

心ここにあらずという声で応えて、

「あ、ちょっとお待ちください」

記憶の底に何かが蠢《うごめ》いて声をかけるより一瞬早く、通話は切られた。

西城カズマ……?

宮野木は受話器を握ったまま胸の中でその名を反復した。

カズマ……。天人社がまだ株式会社になる前、社は天人会という極道の集団だった。志津馬が錦糸町の暴力団をたった一人で撃ち伏せて、そんな志津馬のパワーに恐れをなし、あるいは尊崇《そんすう》の念を抱いた隅田《すみだ》川東部の組織がこぞって志津馬の元へ集結して出来上がった組織である。菅原志津馬はそんな天人会を事業集団へ導いた。そしてわずか三年で株式会社に育て上げ、志津馬自身は会長職に就き、代わって事業の裏表に通じた宮野木が社長の椅子《いす》に座って『天人社』と名前を変え、今は二部上場の企業としてさらに発展しつつある。志津馬は十年前に非業《ひごう》の死を遂げたが、その痛手も今は解消し、数年後には一部上場も夢ではなくなっている。

西城カズマ……錦糸町……。

確かに志津馬の口から、その名を聞いたことがある。まだ天人会だった頃、志津馬と黒崎と宮野木の三人で、どこかの居酒屋で酒を酌《く》み交《か》わしていい気分になっているとき、ご機嫌《きげん》になった志津馬が、秘密を打ち明けるような口調で話し出したことがある。そのときに出た名前が、西城カズマではなかったろうか？

宮野木は慌てて受話器を握りなおし、受付のナンバーを叩いた。

「ハイ、受付でございます」

「今わたしに面会に来た西城という客を呼び戻してくれ」

「もう、お帰りになりましたが」

「追いかけなさい」

「ハイ」

宮野木のきつい声に驚いたように若い女性の受付係が神妙に答えて電話を切った。

宮野木はようやくデスクの椅子に腰を下ろした。目の前の書類の山も目には入らなかった。西城カズマという名前と錦糸町という町の名前が、記憶を掘り起こして蘇った光景をパノラマのように宮野木の脳裏《のうり》を駆け巡っている。

銀座《ぎんざ》の居酒屋の四畳半の座敷に上がったのは、天人社を立ち上げた祝杯を三人で上げるためだった。志津馬も宮野木も、そして黒崎も、酒は強かった。三人で新潟の銘酒を二本、九州の芋焼酎を二本あけた記憶がある。

三人ともかなり酔って、とりわけ志津馬はそれまでに見たこともないようなご機嫌振りを発揮した。おそらく酔った勢いで昔の思い出を話し出したのであろう。

一人だけ、今でも気になる女がいる――。

ご機嫌だった顔がいきなり真剣な表情に変わった。

名前は、由紀子《ゆきこ》、杉下《すぎした》由紀子。新宿《しんじゅく》のクラブに出ていた女だ。秋田の出だ。色白で、肌が透《す》けるように白く、掌が吸い付くように滑《なめ》らかだった。……それがいきなり、別れたいと言い出してな。寝耳に水というやつだ。おれは本気で惚《ほ》れていたのかもしれないな。

しかし、なぜか忘れられないんだ。これまでに別れた女は数知れずいる。しかし由紀子だけはどうしても忘れられない。なぜかって？　おれの子を身ごもったらしいんだ。スケコマシに赤ん坊など無用。由紀子は妊娠なんかしていないと否定したが、翌日おれの目の前から消えた。そして半年くらい経った頃、彼女が同じ秋田の男と結婚し、子供を産んだと噂を聞いたんだ……。

デスクの上の電話が鳴って、宮野木は夢から覚《さ》めたかのようにはっとわれに返って、受話器に手を伸ばした。

「申しわけございません。有楽町《ゆうらくちょう》駅、東京駅と、手分けをして探したのですが、見つかりませんでした」

受付嬢からの電話であった。

「そうか。仕方がない。ご苦労様。今度その男が訪ねてきたら、社長室へお通ししなさい」

「承知いたしました」

電話を切ると、宮野木はちょっと間を置いてもう一度受話器に手を伸ばし、ナンバーボタンを叩いた。

「はい」

すぐに低い声が出た。

「黒崎か？　宮野木だ」

「やあ、宮さん。どうしたの？」

黒崎もまだ仕事をしているらしい。電話をしてすぐ出るとは、デスクにかじりついている証拠だ。

「今夜、時間は取れるか？」

「どうしたの。何かあったの？」

宮野木の声が少しばかり緊張していたらしい。

「ああ。オヤジさんが現れたんだよ」

「オヤジさん？　幽霊でも見たの？」

黒崎が声を潜めた。

「はは、冗談だよ。ちょっと話したいと思ってね。心配するな。仕事の話ではない。だけど黒ちゃんでないと話せないんだ」

「なんだか気になるけど、八時頃なら身体は空く」

「それじゃ、八時にいつものところ」

「わかった。行くよ」

西城和馬は天人社が入った三十階建ての高層ビルを出ると、急いで東京駅へ向かった。なるべく早く館山へ行き、菅原志津馬の墓前に額《ぬか》ずきたかった。志津馬が無性に懐かしい。わずか二年足らずの付き合いだったが、誰よりも懐かしい。志津馬が死んだと知ったときには、密かに泣いた。夜も眠れなかった。何者かに殺害されたという。別荘から出たら、このおれが仇《かたき》をとってやると、涙ながらに密かに誓ったものだ。早く会いたい。墓前に額ずいて話しかけていれば、犯人を教えてくれるかもしれない。

駅へ向かいながら、和馬はそんなことを想像していた。

東京駅界隈《かいわい》は旅に出ていた十二年の間に、がらりと様相が変わってしまっている。特に丸の内側の駅前の光景は、和馬が覚えている風景とは一変している。天人社が入っているビルも、東京駅の駅員に聞いたり、丸の内ビル街を往来するサラリーマンらしき人に聞きながらようやくたどり着けたのだった。

再度、東京駅の駅員に房総館山へ行くのだがと尋ね、乗り場と列車の時刻を聞いて、改札口からやけに遠い京葉《けいよう》線のホームへ向かった。

地の底のような深いホームへ降りて行き、発車十分前の特急に乗り込んで、ホームの売店で買ってきた弁当とお茶にありついた。腹が減っていた。娑婆《しゃば》に出てきて最初の食事であった。弁当は種類の違うものを二つ買って来てある。車内販売でもう二つほど買っておけば、夜食にも困らないだろう。

とにかく美味《うま》い。栄養やカロリーを考えただけの別荘の食事に慣れた口に、フライや魚の揚げ物の美味さは格別に舌と胃の腑に沁《し》みる。そしてお茶の美味さ。

二つの駅弁を平らげて間もなく列車はスタートし、すぐに和馬は眠り込んでしまったらしい。

眼を覚ますと、とっぷりと暮れた星空の下を列車は疾走し、次は五井《ごい》という駅のようだった。館山着は九時というから、まだ一時間以上はある。そう思って、再び和馬は眠り込んだ。

2

「やあ、遅くなった」

黒崎が銀座の居酒屋に現れたのは、八時十分過ぎだった。

「出掛けに若い奴が面倒な図面を持ちこんでね。すまん」

黒崎はいつ会っても忙しさをぼやく。挨拶《あいさつ》代わりみたいなものだ。天人社のオリジナル商品の企画設計を一手に引き受けているのだから、並みの忙しさでないことは言うまでもない。部下は二十人ほどいるが、後発の企業だから優秀な人材が揃《そろ》っているわけではない。黒崎のオリジナリティーは菅原志津馬が折り紙をつけたくらいだから天下逸品だが、部下を抱え込んだ今は、自分の研究も思うように進まず、何とかしてくれと社長の宮野木に泣きついてくるのが現状である。

「忙しいところをすまんな」

宮野木はいたわりの気持ちで迎えた。

「なんだか難しい話みたいだな」

先に一杯やっていた宮野木と向かい合って腰を沈めながら、黒崎は宮野木の表情を読み取った。相手の心は的確に読み取る。菅原志津馬が黒崎を見込んだのも、人を見る目の確かさ、ものを見る目の厳しさにある。

「難しくはないが、オヤジさんの幽霊が出たらしい」

「本当なの？」

宮野木が注いでやった温燗《ぬるかん》の酒を一口すすって、黒崎はびっくりしたような目を宮野木に向けた。

「おまえ、覚えているか？　西城カズマという名を」

「西城カズマ？　ああ、覚えている。オヤジさんから何度か聞いたよ。錦糸町で知り合った運送会社の若い運転手だろう？」

「そうだったか？」

宮野木は黒崎の記憶力の凄さに改めて舌を巻いた。ＩＴ工学に天才的な能力を発揮し、自分で作ったパソコンでテレビ局や新聞社、あるいは警視庁や大蔵省にまで潜入した日本最高のハッカーぶりが菅原志津馬の眼に留まって、志津馬の片腕となるやさらに才能を発揮し、天人会が成立できたのも、黒崎の才能のお陰であった。その点では宮野木もいまだに頭が上がらない。

黒崎が志津馬と知り合ったのは、黒崎が大学生の頃。あれから二十年近い歳月が経ち、彼もすでに四十に手が届いているはずだ。それなのに彼の頭脳はまだ二十代のように若い。

それに比べて宮野木は黒崎よりも一回り以上は上だが、肉体的にはともかく、少なくとも頭脳の上ではそろそろ引退の時期にさしかかっている気分だ。五十四歳で死んだ志津馬はまだ青年のように若かった。

「西城カズマは確か殺人罪で刑務所入りしてたよな」

「殺人および傷害の罪で懲役十二年だったはずだ」

全くこの頭脳には呆《あき》れるばかりだ。

「今年は何年目だ」

「ええと、ちょうど十二年目だな」

「おまえさんの記憶力には脱帽するよ」

「今さら何を仰《おつしや》るやら」

「今日、その西城カズマが会社まで訪ねてきたんだ」

「え?」

黒崎が初めてびっくりした顔を見せた。やったぜ! と、宮野木は思わず腹の中で叫んだ。そのために頬が緩んだ。

「驚いたか」

「出所したのか?」

「ま、そうだろうな」

「何で宮さんのところへ?」

「オヤジさんの墓参りをしたいので墓の場所を教えてくれと聞きに来たんだ」

「何で天人社の本社がわかったの?」

質問が細かい。

「誰かに聞いたんだろう。それとも新聞か週刊誌で知ったのだろうよ」

天人会というやくざ崩れのグループが天人社という企業グループに変身したと、ジャーナリズムにさんざん揶揄《やゆ》されて書き立てられたものだった。

「どんな男だった？」

「それが、会ってはいないんだ。一階の受付の電話で話しただけでね」

その後悔が口調に出た。

「何で会わなかったのさ。折角訪ねてきたのに」

案の定《じょう》、黒崎は非難めいた声を返してきた。

「おれも忙しかったのでね。でも電話が終わってすぐ、受付の連中に、追いかけて社長室までつれて来いといったんだが、東京駅と有楽町駅まで追いかけたが見つからなかったんだ」

「まったく、宮さんもそろそろ耄碌《もうろく》が始まったんじゃないの。オヤジさんがあれほどお気に入りの子だったんだよ」

「そんなにオヤジさん、彼に入れ込んでいたのか？」

「何を言ってるの。オヤジさんは、その青年がもしかしたら自分の子かもしれないと思っていたんだよ」

「やっぱり、そうか」

「おれは一度聞いたら忘れないから覚えているけど、たしか、杉下由紀子という女性だ。オヤジさんより四つか五つ年下で、絶世の美女だったそうだ。オヤジさんは確か三十一か二だった。当時三人の情婦がいたそうだが、由紀子はやはり一番稼ぎがよくて、それだけに大事にしていたんだろうね。でも、一度だけ喧嘩《けんか》したんだ。彼女がそれとなく、子供が欲しいと言い出したらしいんだ。オヤジさんは叱《しか》った。今度それを口に出したら別れるって。由紀子は泣いて謝ったそうだ。でもそれから二月後、彼女は妊娠したらしい。オヤジさんは絶対にコンドームなど使用しない人だったでしょう。危ない日は絶対にセックスしない人だった。その危ない日に、由紀子が強引にオヤジさんをベッドに誘ったということだね。オヤジさんは気がついた。ところが由紀子はマンションからいなくなっていた。お別れしますという書置きを残して秋田へ帰ってしまったんだ。それから半年後、彼女の友達だったホステスからオヤジさんは意外な話を聞いた。由紀子は同じ秋田の五十過ぎの男性の後妻として入り、七カ月後に男の子を産んでいるというんだ。そしてその子にカズマと名づけたと」

「おまえさん、ほんとによく覚えているね。おれも聞いたはずなのに、そんなに詳しくは覚えてないよ」

宮野木は呆れるばかりだった。

「おれは間違いなく十二年の刑を喰らった子がその本人だと確信するね」

「つまり、オヤジさんの忘れ形見ということか」

「そう。その上、その子は七歳のとき、両親が交通事故で死亡していると、オヤジさんは話していた。つまり天涯孤独の身なんだよ」

「そいつは知らなかったな」

「知らないわけないよ。オヤジさんからその話を聞いたとき、宮さんもいたよ」

「そうか。おれも耄碌したなあ」

「それで、オヤジさんの墓は、教えてやったの？」

「勿論、喜んで教えてやったさ」

と、宮野木は多少の嘘を交えざるを得なかった。

「そうか。それなら安心だよ。さすが宮さんだ。オヤジさんもあの世でほっとしているよ」

宮野木には何のことを言っているのかわからなかったが、翌日になってそれがやっとわかった。

3

「佐知子！」

明け方の大島小松川《おおじまこまつがわ》公園に佐知子の姿はなかった。朝の五時半には会社へ戻ってくるから、遅くとも六時には公園へ行けると、佐知子には告げておいた。

「わかった。五時半には行ってるわ」

佐知子もそう言って電話を切ったのが、昨夜の八時過ぎだった。和馬はそれから甲府《こうふ》まで六トントラックのハンドルを握って荷物を運び、制限速度ぎりぎりのスピードを出して錦糸町に帰り着いたのが午前四時半。昨夜からぜんぜん寝ていないから睡眠不足のはずなのにまるで眠気はなく、書類の手続きを済ませると錦糸町の本社前の京葉道路へ飛び出し、タクシーに乗り込んで荒川べりの大島小松川公園へ駆けつけたのだった。

荒川の対岸のはるか彼方の東の空に陽が昇ろうとしていた。周りになびいた雲が黄金色に輝きだしている。なんだか登山に来て山頂にたどり着いた気分になって、朝日に向かってヤッホーと叫びたい気分になった。

気持ちが高ぶった。この朝日の瑞々《みずみず》しい陽光のどこかに佐知子がいるのだと思うと、仕事の疲れなどどこかへ吹っ飛んで、幸せ一杯な気分になる。

しかし佐知子の姿がない。川べりの土手に出て辺《あた》りを探してみても、ちらほらと早朝の散歩をする人影は見受けられるが、佐知子の姿はどこにもない。

「佐知子！」

「佐知子！」

大声で、四方八方に向かって呼んでみた。川辺に建ち並ぶ白いマンションの住人らしい老人夫婦が広い公園を散歩していて、大声で叫ぶ和馬の姿にびっくりして振り返る。

「若い女性を見かけませんでしたか？」

和馬は老人夫婦に聞いてみた。

「さっき、川で泳いでいたわよ」

白髪が朝日に輝く老婦人がにっこりと笑って答えた。

泳いでいた？　水泳する季節でもないし、荒川は水泳ができる川ではない。

和馬は川辺へ走った。

「佐知子！」

川面に向かって大声を発した。

「和馬、ここよ！」

聞き覚えのある佐知子の声が思わぬ近さから聞こえてきて、次の瞬間、岸辺からほんの十メートルほどの水面が割れて、佐知子の大きな顔が現れ、その大きすぎる顔にびっくりしていると、徐々に佐知子の裸身が現れた。見覚えのある形のよい佐知子の乳房が現れ、さらにその下の何も身に着けていない裸身が現れて、そこから飛び跳ねるように全身が水面を割って飛びだした瞬間、

「!?」

和馬はギャーと叫び、自分のその叫び声にびっくりして眼を覚ました——。

館山駅に近い民宿の一室だった。

窓のカーテンの隙間《すきま》から朝ぼらけの明るさが忍び込んでいる。まだあたりは静まり返っている。民宿の家の人も目覚めていないらしい。

和馬は汗びっしょりだった。妙な夢を見て魘《うな》されていたらしい。上半身が佐知子の裸身で、腰から下が魚の尾ひれだった。人魚だ。人魚姫——。

娑婆へ戻ってきた最初の夜に、何でこんな夢を見たのだろう。

旅先でも佐知子の姿はたびたび夢の中に現れた。月に一度は彼女の白い裸身が現れて、そのたびに和馬は夢精してパンツを汚した。

そんな佐知子をいまだに忘れられずにいることを夢の中で菅原志津馬に報告したいと切

望したのに、志津馬はついに一度も和馬の夢の中には現れなかった。

佐知子と和馬を結び付けてくれたのは他ならぬ菅原志津馬だった。佐知子と和馬にとって菅原志津馬はまさしく恋のキューピットだった。

あの娘《こ》は情の深いいい子だ。大事にしろよ――。

志津馬はそっと囁《ささや》き、後で佐知子に聞いたところによると、志津馬は佐知子にも同じことを告げたという。

あの男は裏も表もない純真な男だ。大事にしなさい――。

佐知子は和馬みたいな田舎者《いなかもの》には勿体《もったい》無いくらいな美人だった。錦糸町で一番はやる喫茶店の店員として人気があり、客の半分は佐知子目当てにやってくるといわれていた。

佐知子自身もそれが得意のようだった。

「お店のお客さんで、わたしにプレゼントしてくれる人がいるのよ。この間なんか、二万円もするブレスレット貰《もら》っちゃった」

佐知子は無邪気に自慢した。

「そんなもの、貰うな」

和馬は厳しい声を返した。

「え？　どうして？」

佐知子はびっくりして聞き返した。

「きみを狙ってるんだ」

「わたしを狙うって？」

意味がわからないようだった。

「きみの身体を狙ってるんだよ」

「ほんと？」

「当たり前じゃないか。二万円もするブレスレットを、何の得もない女の子にプレゼントすると思うか」

「思わない」

「なら、気をつけろ。絶対にそんなもの貰うな。欲しければおれが買ってやる」

「ダメよ。わたしたち貯金第一でしょ」

すでに二人は結婚の約束をし、無駄遣いはしないで二人でお金を貯めて、結婚式などお金の掛かることは省略して、子供ができる頃にはマイホームが買えるくらいなものは貯めておこうと、夢のような約束をしたばかりだった。

しかしそのことは残念ながら、菅原志津馬には報告できなかった。佐知子を強姦しようとして、和馬と志津馬に追い払われた五人組が、再度和馬を襲い、逆に和馬がその連中の二人を殺傷したのが、それから十日後であった。

布団を出て廊下の奥にある洗面所で顔を洗い、部屋のテレビをつけてチャンネルをいじっていると、民宿の初老の感じのいい女将《おかみ》が顔を出した。

「お目覚めですか」

「はい」

「よく眠れましたか？」

「久しぶりに、熟睡させてもらいました」

和馬は満面の笑みで答えた。十二年ぶりで畳の上に敷かれた布団に寝たのだから寝心地のよさは言うまでもない。

「それはよかったですね。お食事は、何時にいたしますか？」

「そうですね、三十分後くらいにしてください」

「では、八時にどうぞ食堂のほうへ」

女将はそういい残して階段を下りていった。

しかしすぐに階段を上ってきた。ほんの数分後のことだった。和馬はスーツに着替えているところだった。

「西城さんにお迎えが参りましたよ」

「お迎え？」

和馬は意味がわからなかった。

「はい」

女将も意味不明な表情で答えた。

「誰です？」

まさか警察ではあるまいなと、いやな気持ちが胸を刺した。

「それが……」

と、女将は和馬に近づいてきて、

「この町の親分さんのところの若い衆ですよ」

そっと囁《ささや》いた。和馬のことも警戒している顔だ。

「親分さんって、これのですか？」

和馬は人差し指で頬を切るまねをした。

女将は無言で頷いて、

「関東ではかなり有名な親分さんですよ」

「ぼくはその方面に知り合いはいませんよ。十二年ぶりに日本へ戻ってきたんですから」

別荘暮らしをしていたとは言えるものではない。

「玄関でお待ちですから、とにかく行ってあげてください」

女将に促《うなが》されて、和馬は着替えを済ませて階下へ降りていった。

玄関の土間に一目見てそれらしき角刈りのお兄さんが待っていた。和馬の姿に気がつくと、直立不動の姿勢になって、

「西城和馬さんですか？」

シャチコばって聞いた。

「そうですが」

「関東稲本《いなもと》組房総会本部渚《なぎさ》組の武田《たけだ》と申します。組長の代理でお迎えに上がりました。車を待たせてありますのでご案内いたします。どうぞ」

「何のことかわかりませんが。わたしは西城和馬。一介の素浪人です。房総会などというのも知りませんし、何かの間違いではないでしょうか」

「いいえ。東京の天人社の宮野木社長からの依頼ですので」

「え？　宮野木さんからの依頼？」

「はい。今朝方、宮野木社長から電話がありまして、もしかすると西城和馬という者が昨夜のうちに館山へ行っているかもしれないので、宿泊先を探して、うちに引き取っておいてくれとのことで、今朝からあちこち探し回りました。やっとここを見つけたしだいで

す。さ、会長もお待ちしておりますのでどうぞ」

「そう言われても……」

西城がたじろいでいると、女将が和馬のたった一つの荷物である大きなショルダーバッグを二階の部屋から持ってきてくれた。

「渚さんの朝食のほうがよっぽど美味しいですよ」

「すみません。お手数かけて。では、宿泊代をお支払いして」

和馬はバッグを開けて札入れを探した。

「いいえ。もう渚さんから頂きましたので。チップまで頂いて」

「それはどうもすいません」

「さ、どうぞ。オヤジもお待ちしておりますので」

和馬はせかされて民宿の家の前に止められた黒いベンツに乗り込んだ。

渚組の親分の家は館山の隣の千倉《ちくら》というところにあった。目の前には花畑が広がり、その向こうに房総の海が開けている。家の周りには風を防ぐような植え込みが青々と茂り、白壁の二階建ての瀟洒《しょうしゃ》な家が陽光に照らされて輝いている。かなり広い敷地のあちこちに離れ屋のような小ぶりな家が散在している。

外見は洋風な建物だが、一歩玄関へ足を踏み入れると、黒光りのする廊下が続く和風な家だった。

ただし、和馬が案内されたのは真正面に花畑と房総の海が広がる洋風の応接室だった。待つほどもなく、鉄さび色の羽織を着た白髪の老人が現れた。

「あんたが西城和馬さんか。よう来られた。探しましたぞ。若い者を総動員して、皆一汗かきましたわ、ははは」

老人は豪快に笑って、

「お初にお目にかかる。渚組の大郷善三《だいごうぜんぞう》。お見知りおきを」

背筋を伸ばして軽く頭を下げ、

「気楽にしてください。こちらへどうぞ」

雲ひとつない海原《うなばら》の上空から降り注ぐ陽光をまともに受けた広い縁側へいざない、そこに置かれた籐《とう》椅子に向かい合った。

そこへ朝飯が運ばれてきた。海の幸が籐製のテーブルの上に次々に並べられた。まるで高級料理屋の食事のような豪華さだった。

「すべて今朝方、ここの海で獲《と》れた物じゃ。美味いぞ。さあ、遠慮なく腹いっぱい食ってくだされ。酒もあるぞ。無論、地酒だ」

大郷善三はそう言って再度、豪快に笑った。底抜けに明るい。

髪の毛は真っ白で、六十歳近くに見えるが、赤銅《しやくどう》色に日焼けした顔は精悍《せいかん》そのものだ。口をあけて嗤《わら》った顔はさらに若く見えて、若々しい精気を発散させる。嗤った口の中に真っ白な歯並が輝いているせいだ。

「どうなさった。酒のほうがよいかな?」

和馬が箸《はし》を取らずにためらっていると、大郷が促した。

「これは天人社の宮野木社長のご指示と先ほど伺いましたが……?」

和馬は胸の中に引っかかったものをつまみ出すように質問した。

「今朝方、電話が来たのじゃ。こういう者が昨夜のうちに館山へ行ってるかもしれんので、探してくれとな。見つけたら今日一日、預かって欲しいというわけだ」

「失礼ですが、宮野木さんとは、どういう関係ですか?」

和馬には目の前に並べられたご馳走《ちそう》に眼がくらんだせいか、何がなんだかわからなかった。何かの罠《わな》ではないかという警戒心さえ胸の片隅で蠢《うごめ》いている。

「宮野木さんとはもう何年の付き合いになるかな。もともとは菅原さんから、まれに見る切れ者を手に入れたといって紹介されたのが宮野木さんだった。確かに、菅原さんを凌《しの》ぐ切れ者だったね」

宮野木に心服しているような口調であった。菅原とは無論、菅原志津馬のことであろう。

「宮野木さんが言っておったが、西城さんは菅原さんとお知り合いだったそうだね」

大郷老人は和馬に食事を勧めながら話題を和馬に向けた。

「はい。若い頃、錦糸町で知り合い、ほんの短い間、お世話になりました」

「錦糸町は菅原さんにとっては、人生の出発点のような町だからねえ」

「わたしにとっても、人生の出発点でした。神様がわたしを菅原さんに出会わせてくれたような気がします」

自分でも思いがけない言葉が出て、同時に胸の中のつかえが取れたように軽くなった。

「そうか。わかるねえ。菅原志津馬という男はそういう人物なんだ。あれほどでかい人物は、わしの七十年の人生の中でもそうはいない」

大郷は感慨深げに言った。

七十年？　七十歳にはとても見えない。白髪はともかく、赤銅色に日焼けした顔はまだ若々しく、精悍さが表に出て、せいぜい六十歳くらいにしか見えない。

「菅原さんはこの館山のお生まれなんですか？」

「いやいや。あの人は確か島根辺りの出身だったと聞いたね」

「でも、お墓がこちらに……」

「ああ、それは菅原さんがこの町を気に入ってね、特に海音寺の墓地がお気に入りで、いずれこの地に眠りたいといって、死ぬ三年ほど前に買ったのさ。ま、私もぜひにと勧めたんだが、まさか三年後に菅原さんが館山に引っ越してくるとは思わなかったなあ」

最後の言葉の語尾は、冗談とは思えぬほどしんみりしていた。師匠が死んでもう十年にもなるのに、周りの人間にとってはいまだ忘れられない人らしい。和馬はわずか一年半ほど付き合っただけだが、十二年経っても昨日のことのように忘れられない。それと同じことだ。みんな昨日のことのように菅原志津馬を記憶しているのだ。つまり彼はまだ彼らの胸の中に生きているということなのだろう。

「西城さんは、菅原さんと名前が似ているそうですね」

菅原志津馬の思い出話が一区切りつくと、大郷親分は和馬に話を振ってきた。

「平和の和に馬と書いて、和馬です」

そう答えた和馬の腹の底には、なぜかくすぐったい嬉しさのようなものが蠢き、その面上には微笑がこぼれていた。

「父上が名づけたのですか？」

「さあ、そこまでは聞いておりません」

「ご両親は？」

「小学一年生のときに、交通事故で二人とも死にました」

「ほう、それはおいたわしい。いかんことをお聞きしてしまったようだ」

大郷は日焼けした顔を曇らせた。

「いや。どうぞお気遣いなく。大昔のことですから。天涯孤独が自分の運命と、今では割り切っております」

なぜか極道界の頭《かしら》らしい潮のにおいのする大郷に、和馬は気持ちを素直に打ち明けられた。自分でも不思議であった。菅原志津馬に感じたのと同じ親近感が勝手に和馬の胸に差し込んでくるのだ。

「さあ、腹いっぱい食ってくだされ。飯が済んだら、墓参りに案内しますぞ」

湿ったその場の空気を打ち払うように、大郷親分は陽気な声で言った。

一時間後、大郷と一緒に黒いベンツに乗せられて町の高台にある海音寺の墓地へ案内された。お供の車が一台後ろについてきて、墓前に供《そな》える花やお供え物を溢《あふ》れるほど積んでいた。

丘上の林に囲まれた海音寺の門前に着くと、寺の僧が出迎えに出ていた。黒い袈裟《けさ》を身に着けて、手には数珠《じゅず》を握り、正装姿の初老の僧だった。

「お待ちしておりました」

僧は大郷に向かって合掌《がっしょう》した。

「天気がよくてよかったですわ」

「大郷さんの日頃の行いのせいでしょう」

老僧はお世辞とは思えぬ真顔で呟《つぶや》いた。

若い僧の案内で、目の前の日当たりのいい墓地に出た。黒光りする墓石の前から線香の煙が立ち上っている。墓地はなだらかな斜面になって、菅原志津馬の黒曜石の墓石は一番奥のかなり広い石垣に囲まれた中央にデンと据えられていた。その横の広い墓石の表面には、〝男心女心〟の四文字が大きく刻まれている。墓石の横面に、志津馬の名前があった。〝菅原志津馬の墓　享年五十四〟。

墓前に生花やお供え物が供えられた。供え物の中には地元で獲れた魚や野菜、刺身や海草までがきちんと供えられている。

まず、老僧の読経《どきょう》が始まり、和馬たちは背後に並んで合掌瞑目《めいもく》した。

読経が済むと、

「さあ、ゆっくり菅原さんをお参りしてやってください」

大郷親分に促されて、和馬は墓前に進み、そこへ跪《ひざまず》いて線香を上げ、合掌した。

『菅原さん、西城和馬、昨日、娑婆に帰ってまいりました』

声には出さない声でそう報告した途端に涙が噴出した。抑えきれなかった。慟哭《どうこく》が胸を突き上げてくるし、喉が震えていくら歯を食いしばっても泣き声が喉を破って吹き上げてくる。自分でも予想していなかった事態である。菅原志津馬の笑顔や荒川土手に腰を下ろした姿が走馬灯のごとく和馬の瞼《まぶた》の裏を駆け回り、止まろうとしない。和馬が必死に泣き止もうとするとかえって喉から嗚咽《おえつ》の塊《かたまり》が吐き出される。和馬は必死に拳《こぶし》を固く握り締めて膝に押し当て、震える身体を叱り付けた。

菅原さん、何で死んだんです！　おれの支えだったのに、何で死んだんですか！　おれはどうすればいいんですか！　菅原さんだけが、おれの支えで、おれのただ一人の先生だったんですよ！　おれは師匠、別荘では、師匠の教えどおり真面目で優等生というわけにはいきませんでした。師匠の教えに背《そむ》いて、たびたび騒動を起こしました。だから模範囚にはなれず、きっちり十二年間、お勤めをしました。まさか師匠がその間に死ぬなんて、思いもしなかったからです。なのに師匠は死んじまう。おれはどうしていいかわからないですよ！　どうすればいいんですか！　教えてくださいよ、師匠！　師匠、おれはどうすればいいんですか！

「西城さん、大丈夫かい？」

大郷が背後に近づいてきて、声をかけてくれた。救いの神が来たと、和馬は思った。

「すいません、みっともないところをお見せしてしまいました」

和馬は大郷に支えられるようにして立ち上がった。

「涙をお拭《ふ》きなさい。菅原さんが笑っていますぞ」

大郷がハンカチを差し出した。和馬は受け取って頬から顎《あご》の辺りまで濡らしていた涙を拭《ぬぐ》った。

「こいつを菅原さんにかけておやんなさい」

そう言って大郷が地元の酒の一升瓶を差し出した。

「菅原さんはこれが好きでね、館山に来るたびにこいつを樽《たる》で注文して、二日で飲み干していったもんだ」

言われたとおりに和馬は黒曜石の墓石に酒をかけてやった。墓石は黒く濡れて、菅原志津馬が、美味い！　と満足の声を上げて舌鼓を打っているような気がした。

和馬に続いて大郷親分と三人の若い衆がそれぞれ線香を上げ、その後、海音寺の庫裡《くり》へ移って美味いお茶をご馳走になり、菅原志津馬の思い出話に花が咲いて、海音寺を辞したのは昼近い時刻だった。

大郷の屋敷に着くと、

「東京から宮野木社長がお見えになっております」

出迎えた若い衆が大郷に告げた。

「ほう？　宮野木さんが」

大郷は驚いた声で応じて、

「西城さんのことが心配になって来たんですぜ」

と、屈託《くったく》のない笑顔を和馬に向けた。

宮野木は今朝、和馬が通された洋風の客間の廊下に立ち、ガラス戸の向こうの海景色を眺めていた。

「これは宮野木さん。こちらのお客さんを追って来ましたか」

大郷が冗談口で迎えた。

「あんたのことがよほど心配なんだよ」

大郷はさらにそう付け加えて和馬の肩を叩いた。

「いやいや、そういうわけではありません。昨日、あんな形で追い返してしまったもので気になりましてね。……昨日は失礼をした。何しろ忙しかったもので。このとおり、謝る」

宮野木は和馬に向かって頭を下げた。

「そんな、謝るなんて、わたしは感謝しています。お墓の場所を教えてくれたお陰で館山まで来られたし、その上、お気遣いくださったお陰で、大郷さんのお屋敷に厄介《やっかい》になれましたし、わたしにとってはなんだか天国に来たみたいな気持ちです。本当に感謝します。お陰で菅原さんのお墓に額ずいて来られました」

「まあまあ、お二人ともそんなところに立っていないでこちらに腰を落ち着けなさい。美味いコーヒーが入りましたぞ」

部屋の大きなテーブルの上に、真っ白なコーヒーカップが湯気を立てていた。

「オヤジさんに挨拶してきましたか」

テーブルに向かい合うと、宮野木がコーヒーカップに手を伸ばし、宙に浮かしたまま話しかけてきた。

「ハイ。十二年ぶりですから、挨拶というよりも、腹の中に溜まった言いたいことを充分ぶちまけてきました」

和馬は号泣した痕《あと》が顔に出ているのではないかと思い、照れ隠しのように言った。

「そうか。あんたが旅に出た後に菅原さんは死んだんだね」

大郷が和馬の脇から口を入れた。

「ハイ。旅に出て二年目でした。五度ほど面会に来てくれました」

「あんな死に方をなさって、西城さんも驚かれただろうね」

宮野木も思い出したような、湿った口ぶりになった。

「わたしが知ったのは、事件から半年ほど経ってからです。新入りの中に極道がいて、その男が話しているのを聞いて知ったんです。菅原志津馬、スケコマシといっているのが聞こえて、わたしはその極道に飛び掛かりました。菅原志津馬がどうしたんだ、と怒鳴《どな》って。その極道に思い切り殴られました。こっちも思い切り殴り返しましたけど」

「ははは、さすが菅原さんの友達だ。腕っ節は強そうだね」

大郷が笑った。

「いいえ。師匠からいつも言われていました。おまえの腕っ節は中途半端だ。一番やばいタイプだ。弱くもないし強くもない。だから絶対に喧嘩はやるなって」

「そう。あの人は喧嘩にも哲学を持っていた」

大郷の口から思いがけない言葉が出た。

「哲学ですか？」

和馬は思わず聞き返した。

「うちへ立ち寄ると若い衆によく言っていた。喧嘩は勝つためにやるものだ。強い奴が勝つ。しかし強い奴は心も強い。心の強い奴は喧嘩はしない、とね。つまり喧嘩をやる奴は皆弱い奴だということだ」

「つまり、強い奴は喧嘩はしないということですか？」

和馬は聞いた。

「そういうことだな」

「オヤジさんはとにかく強かった。しかし喧嘩らしい喧嘩をしたのは生涯にたった一度だ」

宮野木がしんみりとした口調で言った。

「たった一人で二十九人の極道を相手に木刀一本で戦い、勝った」

「二十九人相手に？」

和馬には初耳であった。

「相手はチャカを持った極道。オヤジさんも怪我はしたが、相手は木刀でやられて皆伸びていた。しかも死者はゼロ。いまだに伝説として語り継がれている」

「まったく、あの喧嘩だけは見たかったな」

大郷も感嘆の声で呟いた。

「それほど強い菅原さんなのになぜ殺されたんですか」

和馬の質問は少しばかり批判の響きを含んでいた。

「だまし討ちに遭《あ》ったのだ。しかもオヤジさんは結婚しようとしていた。オヤジさんにとって結婚はスケコマシという人生との決別を意味していた。生涯結婚はするまいという誓いを打ち破ろうとしていたんだからね。心のどこかに隙《すき》ができていたのかもしれない」

「もう止《よ》しだ」

大郷がきりりと濃い眉を引き締めて言った。

「菅原さんがあの世で苦笑している。わしの失敗を蒸し返さんでくれとな。さあ、宮野木さん、美味い酒を用意してある。呑みましょうや」

そう言って大郷は若い衆に酒を用意するように命じた。


隣の和室に酒の用意がされて、大きなテーブルを囲んだのは正午頃だった。テーブルの中央に据えられた大きな土鍋がぐつぐつと湯気を立てていい匂いを部屋一杯に充満させていた。魚と牛肉が一緒に鍋の中で輝いていた。これほど芳香を放つ料理は、和馬にとっては久しぶりであった。

「では、乾杯といきますか」

渚組の若頭とお酌係の女性二人を交えた六人が、大郷の音頭に合わせて乾杯をし、酒盛りが始まった。

「菅原師匠のことで、訊《き》いていいですか？」

美味い酒に気持ちが軽くなった頃、和馬は少しばかりはめを外してもいいかなと思って、誰にともなく声をかけた。

「菅原さんのことなら宮野木さんだ。十年以上も一心同体のようなものだったからな」

「正確に言うと十五年間一緒でしたね。彼はわたしよりもひとつ年下ですが、恥ずかしいかな彼から教えられることのほうが多かったですよ」

宮野木もそろそろ酒が効いて来たのかそう言ってはははと笑った。陽気な酒のようだった。

「旅先の連中も十人のうち八人は師匠のことを知っていました。日本一のスケコマシだと、八人ともに言ってましたが、師匠はほんとに女に貢《みつ》がせて財産を築いたのですか?」

宮野木が首を振った。

「オヤジさんは貢がせた以上の金を、女と別れるときに渡していた。生涯、オヤジさんがスケコマした女は四十人から五十人だろう。無論、四十人も五十人も一度に抱えていたわけではない。常に三人。そう決めていた。三人のうちの一人が別れていくと次の一人をスケコマす。だからいつも三人はいた。確かに貢がせてはいた。稼ぐ女で月に何十万も貢いだ女もいた。女のほうから貢いだのだ。オヤジさんは強要したことはない。そこがスケコマシのスケコマシたるところだ。オヤジさんは女のほうから貢ぎたくなるほどの、誰も真似のできないセックスのテクニックを身に付けていたということだ。そこが日本でただ一人のスケコマシといわれる所以《ゆえん》だ」

「別れた女性はみんな幸せになっているのですか？」

　和馬はさらに聞いた。

「勿論だ。わたしも何人かと会ったことがあるが、みんな幸せで満足した暮らしをしていた」

「女性のほうから別れるのですか？　それとも師匠のほうから別れるのですか？」

「オヤジさんから別れたケースはわたしが知る限り一度もない。大概が女性からだ。それも結婚するからというのは十人に一人くらいかな。だいたいが独立してお店をやりたいからとか、そんな場合が圧倒的に多かったね」

「そういうときに資金を出してやるわけですね」

「そのとおり」

「わしの知ってる女も、菅原さんと別れて赤坂《あかさか》にお店を出すとき、菅原さんがぽんと一千万円出してやった。そのとき、この男にかなう男はおらんだろうと思ったものだ」

　大郷が口を挟んだ。

「大郷さんも師匠とは古い付き合いですか」

「いいや。その女がいた赤坂のクラブで知り合ったのが最初だから、せいぜい四、五年の付き合いだったかな。とにかく桁《けた》はずれの男だった。常人ではない」

「西城さんはオヤジさんがキューピットになったのが知り合ったきっかけとか」

宮野木は上機嫌の顔で言って、

「ほう、キューピット?」

大郷が目を輝かせた。

「まさにキューピットでした」

十二年前の記憶が稲妻のように和馬の脳裏に浮かび上がって、忍びない悲しさまでが胸の中を走り抜けた。

「まったく、神様が師匠にわたしを引き合わせてくれたような出会いでした……」

自分の運命を決めたような出会いであったと、改めて人の出会いの神秘性を嚙み締めた。

「それはぜひとも聞きたいね」

大郷が和馬の顔を覗き込んだ。

「わたしも聞きたいぞ」

宮野木も身を乗り出してきた。

酒の勢いもあったのだろうか、和馬は猿江公園での初めての菅原志津馬との出会いを話した。それは赤木佐知子との出会いでもあった。佐知子とは下宿先が近く、普段から顔を合わせることはあったが、実際に口を利き、言葉を交わしたのはそのときが初めてであった。猿江公園へ散歩に出かけた先で、佐知子が錦糸町のチンピラどもに襲われている現場に出くわしたのだ。

和馬は佐知子をチンピラの毒牙から救おうと五人の相手に立ち向かい、あわや叩きのめされそうになったところへ菅原志津馬が現れたのだ。志津馬の出現がもう数秒遅かったら、和馬はチンピラどもの暴力に打ちのめされ、佐知子は陵辱《りょうじょく》の羽目に陥っていたであろう。菅原志津馬は和馬と佐知子の恋のキューピットであるだけではなく、命の恩人でもあった。

「そんなことがあったのか。人と人の出会いというのは、まったく神様がこしらえなすったような感じですなあ」

大郷が感慨深げに言った。

「わたしもオヤジさんから、恋のキューピットになったという話は聞いていましたが、そんな暴力事件が絡んでいるとは知らなかったですね」

宮野木も感無量という口調だった。

「それ以来、師匠は月に二、三度、多いときには毎週、錦糸町にやってきました。わたしと佐知子のデートと重なると、師匠は必ず豪華な食事をご馳走してくれて、荒川辺りまで連れて行ってくれて、これ以上キューピットがいると邪魔だからといって帰っていきました」

和馬は語りながら胸に込み上げるものを感じて、言葉を切った。

「……」

沈黙が流れた。

その沈黙を破るように、大郷が口を開いた。

「菅原志津馬があの世で笑っておるぞ。わしのことを酒の肴《さかな》にするなら、うんと笑って陽気にやってくれとな。さあ、酒じゃ、酒じゃ。笑ってやらねば志津馬も浮かばれんぞ。志津馬が見込んだ和馬が長旅から戻った祝い酒だ！」

「おお！」

若頭が大声で応じ、続いて和馬と宮野木、そしてお酌役の若い女たちも応じた。

二章　決　意

1

西城和馬は大郷親分から当分館山で長旅の疲れを癒《いや》すがよいと勧められ、宮野木は一人、その日の夕刻、待たせてあった車で東京へ帰って行った。

宮野木の胸には複雑な葛藤《かっとう》がわだかまっていた。西城和馬とテーブルを挟んで酒を酌み交わしていると、確かに若き日の志津馬との酒の場面を思い出す。

と同時に、なぜか息苦しさが宮野木を襲うのだ。和馬が笑った顔、じっと相手の目を見つめる眼のすがすがしさが、若き日の志津馬とそっくりな眼光を発しているとしか思えない。

もしや……。

その思いを抱えて宮野木は帰路に就いた。

丸の内の会社に着いたのは、午後九時に近い時刻だった。第一秘書の三枝《さえぐさ》が待っていた。

「先ほど黒崎様から電話がありました。九時半にはこちらに着くとのことです」

「そうか」

宮野木は熱いコーヒーを淹《い》れてもらって啜《すす》りながら、一日留守をした間に舞い込んだ電話や訪問者のリストを眺め、

「ご苦労だった。帰っていい」

三枝に告げた。

社長室のドアが開いて黒崎が姿を現したのは、ちょうど、九時半だった。

「よう、ご苦労さん。疲れたろう」

「お互い様だ。どうでした、和馬殿は」

黒崎はソファへドスンと音を立てて腰を沈めながら聞いた。

「大郷さんがすっかり気に入ったようだった。しばらく館山で預かってくれることになった」

「大郷親分ならそう来るだろうね」

「そっちはどうだった」

黒崎は急遽《きゅうきょ》、菅原志津馬の情婦の一人であった杉下由紀子のふるさとである秋田へ今

朝早く、由紀子の詳細を調べに飛んだのだった。

「ズバリだった」

黒崎はため息混じりに告げた。

「やはりそうか」

宮野木も同じ口調で頷いた。

「市役所へ行ってまず調べ、杉下由紀子の家族を訪ね、詳細を聞いてきた……」

杉下由紀子は秋田県の能代《のしろ》に近い小さな町で農家の三女として生まれた。六人兄妹の末っ子である。働き者の長女・次女と異なって、末っ子の由紀子は子供の頃から遊び好きで、中学生の頃には不良仲間に加わり、高校二年生のとき、東京へ行くといって家出同然に出奔《しゅっぽん》し、以来、実家との連絡は途絶えていた。

そこへ突然、帰郷し、西城友哉《ゆうや》という男と結婚。西城友哉は由紀子より二十歳も年上の同じ秋田の出身の大工で、二人は秋田市内にアパートを借りて新婚生活を送り、結婚して七カ月目に一人息子の和馬が生まれている。

西城友哉は働き者だったらしく、一人息子の和馬はすくすくと成長したが、和馬が小学一年生になった夏、友哉の運転する車が事故を起こし、二人は即死している。友哉の友人の結婚式に妻と七歳の息子を伴って出席した帰り道、酔っ払い運転でスピードを出しすぎ、橋の欄干《らんかん》に激突したらしい。両親は即死だったが、母親に抱きかかえられていた和馬は無傷で助かった。

母・由紀子の実家も友哉の実家も、和馬を引き取ろうとしなかった。互いに押し付け合って、結局は秋田市の孤児院へ入れられた。

孤児院では腕白だが、優秀な学童だった。中学の成績もよく、本人の希望で秋田でも優秀な高校へ進学したが、二年生の終わりの頃、突然、姿をくらませた。東京へ出奔したのだ。自分で働いて自立したいという手紙が届いた。孤児院もそれを受け入れ、和馬が錦糸町の運送会社に入社するとき、身元引受人を受け持ってやり、お陰で和馬は運送会社に入社できたのだった——。

「やはり、オヤジさんの忘れ形見か……」

黒崎の話が終わると、宮野木は納得顔で呟《つぶや》いた。

「そう思って間違いないだろうな」

黒崎が同調した。

「オヤジさんに、二世出現。祝うべきことか、それとも……」

宮野木の口が途中で途切れた。

「オヤジさん自身はあの世で笑っているような気がする」

「そうだろうな。おれたちに、さあどうすると、難問を突きつけて喜んでいそうだな」

「人妻に惚れて結婚する気なんか起こさなければ、今頃は孫ができていたかもしれないんだ」

「孫か。……そうだよな。死んでさえいなければ、二世だって殺人を犯すこともなかったろうし、今頃は孫を連れてディズニーランド通いをしていたかもしれないんだな」

「孫を連れてディズニーランドか。そんなオヤジさんの姿を見てみたかったなあ」

「どうする」

宮野木が真面目な声に変わった。

「そうだなあ……」

黒崎も深刻な表情で考え込んで、

「本人は気づいているのだろうか」

「いや。それはないと思う。和馬と志津馬。その類似を屈託なく飲み込んでいるんだ。気がついていればそうはいくまい」

「おれもそう思う。だからといって、おれたちがそれを黙視するわけにもいくまい」

「いずれ話さなければならんだろうな」

「渚の親分はこの件を知っているの？」

黒崎はそのことが気になっているようだった。

「いや。知らないと思う。おれの口からは、生前、オヤジさんが可愛《かわい》がっていた若者とだけ言っておいたから、その点は心配ないと思う」

「こういうことは早いほうがいいんじゃないかなあ。おれたちとは別のところから彼の耳にでも入ったら、おれたちの立つ瀬がないいんじゃないかな」

黒崎が心配げな表情を見せた。

「いや。十二年間旅に出ていた男にはオヤジさんの血を受け継いでいるなんて、荷の重すぎる話だ。そんな話を受け容れる余裕はあるまい」

「なるほど。それもそうですね」

「それとなく少しずつ、だな。機会を待とう」

「そこから先はどうします」

「そこから先……つまり彼をどう処遇するかということか？」

「そうです」

「むろん、おれが面倒を見る。会社に入ってもらって、いずれは天人社のトップに立ってもらう。天人社は本来、オヤジさんの設立だからな」

「大丈夫か？」

「何が」

「彼は〝殺人〟という消しがたい前科を背負っているんですよ。われわれ周辺のものが意識しなくても、本人の意識から消すことはできない。それでやっていけますか」

「他に考えがあるのか」

「オヤジさんならどうしますかね」

「そうだなあ。できれば聞いてみたいところだなあ」

「宮さんから見て、どうなんです。全《まっと》うな道を歩める人物に見えましたか」

「おれも〝殺し〟こそやらなかったが、きわどいところを歩んできたから大きなことは言えんが、チンピラ五人を相手に戦った兵《つわもの》の業《ごう》は、眼光の鋭さの中に残っていたようには見えたな」

「つまり、頼もしく見えたわけですね」

「そういうことだ」

聞いた黒崎も、答えた宮野木も同じような微笑を目元に浮かべた。

「やはりオヤジさんの忘れ形見に間違いなさそうですね」

「まったくな」

二人はそう言って声に出して笑った。

2

「警部」

誰かに呼ばれたような気がして、立花《たちばな》警部は頭を上げた。

「お疲れのようですね」

頭の上に庄田《しょうだ》警部補の髭面《ひげづら》があった。

「居眠りしておったか」

立花は初めてそのことに気がついた。

「二日も徹夜すれば誰でも居眠りくらいはしますよ。お帰りになってゆっくりベッドの中で寝てくださいよ」

「そうもいかん。一班二班とも休暇ナシでやってるんだ。リーダーのおれがのんびりと寝ているわけにもいくまい」

現在、捜査一課の一班と二班は深夜の銀座で起こった殺人事件を追っていた。かなり有名なクラブの雇われママが、閉店後、一人で一日の収益を計算しているところへ何者かが忍び込み、ママを殺害して、おおよそ三百万円の現金を奪って遁走《とんそう》したのだ。警視庁のお膝元で起こった大胆な事件に警視庁が目くじらを立てて捜査に当たり、沽券にかかわる事件という勢いだったにもかかわらず、いまだに手掛かりひとつつかめていない。すでに事件から二週間が過ぎている。

しかし今、立花の頭にあるのは、その事件のことではなかった。ある一人の男のことが気になって、その男のことを考えながらうつらうつらしていたのだ。

その男の名は、菅原志津馬。二十世紀最後の、日本最大の女たらし、つまりスケコマシ。そして日本を代表する男子にしてジェントルマン。

稀代のスケコマシとして悪名だけを残して、結局は女がらみの事件でこの世を去った男だが、立花にとっては忘れがたい男であった。

菅原志津馬が女をスケコマして華やかな生活をしている頃、ある殺人事件の捜査で、警視庁捜査一課のぎらぎらの刑事だった立花が出くわしたぎらぎらの容疑者が、菅原志津馬であった。

立花はその男が女をたらしこんで優雅な暮らしを楽しんでいるスケコマシと知るや、女の敵、社会の敵として徹底的にマークした。立花にとって菅原志津馬は天敵となった。

何年、志津馬を付け回したろうか。何度か暴力事件に出くわして志津馬を連行したことはあるが、逮捕に至ったことはない。彼の暴力は計算されていた。決して先に手は出さない。だから常に正当防衛になる。時には過剰防衛もあるが、そんな微罪での逮捕では、立花の気持ちが収まらなかった。志津馬の罪は公序良俗を犯すという大罪でなければならない。

しかし立花の天命ともいえる志津馬逮捕は失敗に終わった。一度も志津馬の手に手錠を掛けることもなく、十年前に志津馬は五十四歳という若さで闇討ちに遭い死亡した。その犯人はいまだに見つかっていない。菅原志津馬と立花との葛藤を知っていた捜査一課長は、その事件捜査から立花警部を端《はな》から外した。

その立花もすでに五十九歳。あと半年で定年退職。できれば志津馬を闇討ちにかけた殺人犯をこの手で逮捕してやりたい。現役のうちに逮捕してやりたい。それがせめてもの菅原志津馬という稀代のスケコマシへの餞《はなむけ》にしたい。

普段は残り少なくなった現役警部の務めを果たそうとそれだけに集中していた立花が、今はなき良き敵であると同時に良き友であった志津馬へ思いを寄せることになったのは、三日前。以前、捜査一課にいた後輩の口から思いがけない情報を聞かされたからである。

志津馬には一人だけ弟子がいた。錦糸町で知り合った天涯孤独な若者だという。その若者が殺人傷害事件を起こし、十二年の懲役刑を受けた。その若者の密かに想う恋人を襲ってレイプしようと図った錦糸町のチンピラ数人が、通りかかった志津馬に叩きのめされ、その腹いせに若者が狙われ、数人で闇討ちしたところ逆にドスを奪われて一人が死亡、一人が深手を負って、若者はその足で錦糸町駅前の交番に自首してきたという事件だった。

本来なら、過剰防衛と認識されてもいい事件だったが、裁判で被告はまったく反省の色を見せず、検察側の求刑通り懲役十二年の判決が下りたのだった。その若者が刑期満了で出所してきたのだ。

志津馬は立花と会うたびに言っていた。

「あいつはおれより強情張りだ。旅に出てもあの強情張りはなおるまい。十二年の刑期が縮まることはないだろう。それまでおれの命があるかどうか、おれは自信がない。おれに万一のことがあったら、頼む」

「宮野木も黒崎もいるじゃないか。心配するな」

「いや。宮野木や黒崎の手に負えるたまではない。あいつの腹の中には、まっすぐ過ぎる火の玉が燃え盛っている。そいつを消せるのは馬鹿の字の付く阿呆でなくてはならない」

「なんだと？　おれが馬鹿で阿呆だというのか」

立花はかっとなった。

「そうだ。あんたは大馬鹿の大阿呆だ。だからおれと離れられないのさ。大馬鹿の大阿呆は大利口者と一心同体なんだよ」

「ふざけるな。おまえが大利口でなんでおれが大馬鹿で大阿呆なんだ」

立花の怒りは急上昇した。

「怒るな。おれもあんたも同じだと言っているんだ」

「それなら初めからそう言え」

という具合に、常に立花は志津馬に言いくるめられていたが、その日の志津馬はいつもと違った。

「とにかくおれはあと十二年も生きている自信はない。その予感がおれを結婚へ導いているのだ」

「結婚だと？　おまえ結婚する気か」

「いかんか」

「止めとけ。不幸な女がまた一人増えるだけだ」

「あんたも口が悪くなったな。デカにしておくには勿体無いくらいだぜ」

志津馬が死んだのはそれから半年後のことだった。

おれに万一のことがあったら、あいつを頼む――。

その言葉が立花の脳裏にはっきりと蘇っている。

〝あいつ〟の名は『西城和馬』。天涯孤独な身寄りのない男だという。〝和馬〟という名前の類似を口にしたら、まったくの偶然だといっていた。和馬というその名前も志津馬を惹《ひ》きつけたのかもしれない。

西城和馬は旅から帰ってきて、どこへ足を向けるのだろう。生まれ故郷の秋田だろうか。それとも錦糸町か。

いずれにしても、暇があれば何とか志津馬との約束を果たしてやりたい。

そう思いながらも、時間だけはいやおうなく過ぎてゆく。銀座のクラブ・ママの殺人事件捜査は一向に進展がない。捜査本部は所轄の築地《つきじ》署に置かれているが、本庁からの出動組は捜査会議の後、本庁へ戻ってきても会議を開く。お膝もとの事件を所轄に任せておけないという意気込みだけではないエリート意識が働いてのことだが、それを無視するわけにもいかず、毎晩それに付き合っている立花としてはかなり辛い。あと半年で満六十歳の定年という老骨にとっては堪《こた》える。六十歳の定年と同時に、たまりに溜まった疲労が出て死にいたるという定年悲話が本庁には少なからず伝わっている。そんな悲話はごめん蒙《こうむ》りたい。

そう思いながらも、捜査を無視するわけにはいかない。

『志津馬、定年になるまで待ってくれ。定年になったら必ず〝あいつ〟の面倒はこのおれが見てやる』

3

館山滞在は和馬にいろんなことを学ばせてくれた。

「菅原さんはおれたちにとっても神様のような人だった」

大郷の渚組の若頭の河合辰夫《かわいたつお》はひと月の館山滞在中にすっかり和馬の良き友達になった。両親が早くに相次ぎ病死して、高校二年生で孤独な世間に放り出されたという身の上が和馬と類似しているせいもあったが、極道のくせに曲がったことが大嫌いで、見ているだけ、聞くだけでカッとなるという話が、和馬の気持ちを引いた。河合辰夫は月に一度か二度は東京へ出るが、カッとなって二度ほど銀座の真ん中で喧嘩になり、一度は築地署で一晩暮らしたという。しかし旅にだけは出かけたくないですと、和馬の顔を見ながら微笑んだ。極道の常として、長旅に出た経験が結構、尊崇の的になるようだった。

「東京へ戻って何をするつもりです？」

館山を発つ日の前夜、辰夫が真面目な顔で聞いた。晩飯後、二階の部屋で帰り支度の荷造りをしていると、飯を済ませた辰夫が和馬の部屋に上がってきたのだった。

「車の免許を取り直して、またでかい車でも転がすつもりです」

和馬は荷造りしながら軽く応対した。

「それは何度も聞きました。しかしそれは本心じゃない。そうでしょう？」

辰夫は和馬の目を覗き込むような目つきで言った。

「いいや、本心ですよ。おれには他にできることはないですからね」

「そんなこと、宮野木さんや黒崎さんが許すはずないと思いますよ。菅原さんの大事なお弟子さんが十二年ぶりに旅から帰ってきて、昔の運転手にするなんて、そんなことあの二人が許すはずないじゃないですか」

この日の辰夫はやけに攻撃的だった。

「突っ込みが鋭いですね」

和馬はこれ以上突っ込まれたくなかった。

「うちのオヤジさんも言っていたでしょう。できればこのまま渚組にいついて欲しいもんだって。あれは冗談じゃないですよ。オヤジさんの本心です。和馬さんが極道に向いているということではありません。極道にならなければならないものを和馬さんが自然に、しかもきっちりと身に付けて、それこそそれをハートの芯に置いているということです。運転手さんを馬鹿にするわけではありませんが、和馬さんは車の運転手なんかで終わる人ではない——おれはそう信じているんですよ」

「おれは人殺しというレッテルを背負った一介の前科者です。そんな人間に何ができるというんです。地べたを這って生きていくしかないんです。おれはそれで充分だと思っています。不平も不満もありません。その代わり希望もない。だから楽なものですよ」

和馬は区切りをつける口調で言った。これ以上、こんなことを話し合う気分ではなかった。和馬ははっきり言って不平も不満もない。二十歳《はたち》から三十二歳までの大事な時期の十二年間を棒に振ったが、自分が犯した殺人という罪の意味を考えることができたし、十二年かけて一つ利口になった気さえする。

「おれも阿呆だなあ。おれより和馬さんのほうがずっと大人だもんな。恥ずかしいこと言っちゃったな」

辰夫は和馬よりも二つ年上だった。

翌日の午後、和馬は辰夫や数人の若い衆に送られて東京へ向かった。辰夫が荷物が多いので車で送ると申し出て、大郷親分も勧めたが、車窓から眺める海景色が楽しみだからといって、東京行きの特急に乗った。

東京が住み難《にく》くなったら、いつでも館山にくるんだぞ——。

別れ際に言った大郷の言葉は、列車が東京駅に着くまで和馬の胸底にわだかまっていた。

一ヵ月間もの思いがけない海辺の町での休養に恵まれて、和馬は十二年間の長旅の疲れをいくらかは洗い流せた気がした。これも菅原志津馬という師匠のお陰である。師匠の面影《おもかげ》は和馬の中でますます大きく膨らんでいた。大郷の話、あるいは若頭の河合辰夫や若い衆の話を聞くにつけて、師匠の姿はますます大きくなった。男の中の男、それ以上に人間くさくて魅力にとんだ男、男だけではなく女の気持ち、子供たちの気持ちまでひきつけずにはおかない師匠の人間の大きさを、存分に聞かせてもらい、それほどの人間に、一年半とはいえ、親しく付き合いができた自分の運命に、和馬は体の芯が震えるほどの喜びを感じたものだ。

そんな人物の弟子になれた自分が誇らしく、娑婆での新生活に自信が持てるような気さえした。

それでも和馬には、ひとつだけ根深い疑問が残った。

なぜそんな師匠が殺されなくてはならなかったのだろうか？

その解答は得られなかった。

午後四時、東京駅に着くと、天人社から二人の男女がホームまで迎えに来ていた。女性のほうは受付嬢だった。和馬の顔を覚えているのは彼女一人だけだったのだろう。男性のほうはきちんとスーツを着こなした、いかにもサラリーマンといった三十代と思える垢抜《あかぬ》けた男だった。

「秘書課の松本《まつもと》と申します」

男は名乗って、和馬の重い荷物を抱え込んだ。荷物はすべて大郷からのみやげ物であった。

丸の内側の出口に、天人社の車が待っていた。その車に乗せられて、和馬は日比谷《ひびや》のホテルへ運ばれた。宮野木社長は午後七時まで席を離れられないので、ホテルで待っていてくれるようにとのことだった。その前に黒崎専務が来られるかもしれないということだった。

ホテルの十階の日比谷公園が見下ろせるスイートルームへ案内された。受付嬢の広瀬直《ひろせなお》美《み》と秘書課の松本勇夫《いさお》は荷物を運び終わると、

「これは社長からです。お使いくださいとのことです」

そう言って差し出したのは携帯電話だった。

「これはどうも」

「使い方はわかりますか」

「ええ。館山で習ってきましたから」

館山の大郷だけではなく辰夫を始め、若い者まで全員が携帯電話を持っていた。

「社長の携帯番号、会社の番号、他にもいろいろ必要と思える番号は入力してあるそうです」

そう告げて会社へ帰っていった。

和馬は部屋の窓から目の前の日比谷公園を眺めているうちに、都心の人ごみの中を歩いてみたいという思いに駆られてホテルを出た。錦糸町の運送会社に勤めていた時代にも、都心に出てきたことはあまりない。会社の車は月島《つきしま》の車庫に収められていて、車を車庫に収めて明け方に銀座の町を通ったことは二、三度あるが、銀座も新宿も渋谷《しぶや》も、遊びが目的で歩いたことはない。

和馬の足は銀座へ向かった。午後五時をちょうど過ぎた頃のせいなのか、銀座の通りはなんとなく活気づき始めているように見えた。人通りの多さに和馬は少なからず驚いた。錦糸町界隈でも秋の祭りの日には、このくらいの人出はあるが、普段の日にこんな黒山のような人だかりは見たことがない。歩いているだけで肩がこるし、疲れが来る。

早々に銀座通りから逃げ出してホテルの窓から見えた日比谷公園へ入った。夕暮れどきの公園のしっとりとした感じは和馬も気に入った。そぞろ歩く人影は濃いが、安心してすれ違える。公園をゆっくりと一回りした頃に、陽が落ちて都心の空が赤く染まった夜空になった。館山の夜空と違って星影はまるで見えない。その代わり火事の夜空のように赤く染まっている。和馬はホテルへ向かった。

十階の部屋へ着いたのはちょうど六時だった。部屋へ入ってテレビのスイッチを入れたところへフロントから電話が入った。

「黒崎様がお見えになりましたが」

「どうぞ、通してください」

よほど早く仕事が終わったらしい。

待つほどもなくドアチャイムが鳴った。

ドアを開けると、メガネをかけた初老の紳士が微笑を浮かべて立っていた。

「黒崎です」

鬢《びん》に白いものが浮かんでいるが、顔は若々しい。IT工学の天才と師匠から聞かされていたが、科学者というには砕《くだ》けた感じだが、明らかに師匠や宮野木とは異なる理知的な顔だった。

「どうぞ、お入りください」

和馬はいささか緊張して部屋へ導いた。

「館山はどうだったね」

黒崎は入ってくるなりスーツを脱いでくつろいだ感じでソファに腰を下ろした。

「大郷親分に歓迎されて堪能してきました」

「十二年間の疲れも取れたろう」

遠慮のない言葉であった。その親密さに和馬の緊張もすぐに解けた。

「館山の気候風物もそうですけれど、大郷親分のおおらかで、あけすけなお人柄も気が休まりました」

和馬は茶を入れながら答えた。

「大郷さんは、オヤジさん……菅原志津馬の一番のお気に入りのやくざ屋さんだった。何か困ったことがあったり、難しい問題にぶつかったりしたときは決まって館山詣《もう》でだった。大郷さんも若い頃は相当苦労したようだからね」

「黒崎さんは何か困るとパソコンに質問していたそうですね」

「ははは、オヤジさんはそう言っていたか」

「黒崎にとってパソコンは父親であり母親であり友達であり恋人であり先生であり、それとなんだったかな……そう、医者である。本当ですか?」

「オヤジさんは人を見る目は確かだ」

「アメリカのシリコンバレーの研究所のマザーコンピューターにまで侵入して、研究を学んだって驚いていました」

「ははは、そんなことがあったな」

「やっぱり事実なんですか」

「ああ。お陰で随分勉強させてもらった。その意味では確かにパソコンは先生だな」

若き日の乱暴な勉強ぶりを思い出してか、黒崎はそう言って笑った。

「黒崎さんのような方がどうして師匠と知り合ったのですか?」

和馬は率直な質問を投げかけた。

「まあ、気が合ったんだろうね。わたしのいたずら心とオヤジさんの冒険心がどこかで火花を散らしてくっついてしまったんだろう。わたしが思う存分パソコンで暴れられたのはオヤジさんの強い支持があったからだと思うね」

「わたしが十二年も旅に出ていられたのも、師匠のお陰だと思います」

真面目な、心底から出た言葉であった。

「きみにそう言ってもらえて、オヤジさんもあの世で満足していると思う」

「本当にそう思われますか?」

すがりつくような眼が黒崎に向けられた。

「ああ、思うとも」

頷きながら黒崎も、志津馬の人を見る目の確かさを改めて認識し、感じ入った。

「師匠はなぜ殺されたのですか？」

和馬は黒崎には腹の中の重いものを曝《さら》け出せるという気がして質問した。

「ううん……」

黒崎は突然飛び出した質問の思いがけなさに言葉を詰まらせた。

「すいません、こんな質問をして」

「いいさ。オヤジさんもあの世で、和馬だけには本当のところを話してやれといっているような気がする」

黒崎は苦笑して言った。

「わたしの耳にも、黒崎さんには訊いていいという師匠の声が聞こえます」

「ははは、油断も隙もない奴だな」

黒崎は笑って、

「オヤジさんは五十四歳にして初めて普通の人間に戻ったんだ」

「どういうことですか？」

「普通の男のように結婚したいと思ったんだ。結婚してもいいと思うような相手にめぐり合ったんだ。その相手がたまたま人妻だったのが悲劇の元だね」

「なぜ、人妻なんかに惚れたんですか？」

「そこが難しい。そこに稀代のスケコマシと言われた菅原志津馬の哲学、といっては大げさだが、ダイイング・メッセージがこめられているとわたしは思っている」

難しい話になった。耳を傾ける以外にない。耳を傾ける値打ちがあると、和馬はとっさに判断した。

「天才的な生涯に疲れ果てたのか、それとも自分の中にも平凡な男のエッセンスがあるのだということを証明したかったのかわからんが、いずれにしても人妻を選んだのは何も偶然のことではない。それがわたしの見解だ」

「つまり、師匠は挑戦したわけですか」

自分なりの解釈を和馬は口にした。

「まさにそうだ」

黒崎は大きく頷き、

「オヤジさんの生涯はまさに挑戦そのものだった。だからあんな死に方をしても、本人は満足しているのではないかとわたしは思っている」

「しかし、まだ犯人が捕まっていないとなると、師匠もあの世で不満を持っているんじゃないでしょうか」

「これもオヤジさんのオヤジさんたるところだ。そんな生易しい事件ではないぞと警察に挑戦しているんじゃないかな」

　半分は冗談に聞こえる言い草だった。

「話は違うが、きみの名前は誰が付けたのかね。オヤジさんの名前とあまりにもよく似ているんでびっくりしたんだが……」

　不意に黒崎が聞いた。

「親父かお袋がつけたんだと思います。名付け親になるような親戚や知り合いはいませんから」

「そうか。平和の和に馬か。きみの名前を聞いて、オヤジさんびっくりしたろうな。カズマなんてそうある名前ではないからね」

「わたしは小さいときから呼ばれていましたからなんとも思いませんでしたが、孤児院に入って初めて友達にからかわれました。名前は平和なのに、ぜんぜん平和な馬ではなくて乱暴馬だって」

「その頃から暴れ馬だったんだね」

　黒崎は可笑《おか》しそうに笑った。

　たわいのない お喋りを続けていつの間にか時間が過ぎ、フロントからの電話で、お喋りが終わった。宮野木がレストランで待っているという電話であった。いつの間にか八時を過ぎていた。

4

二十四階のレストランには個室もあって、その一室の円形テーブルに宮野木が腰を下ろしていた。

「もうこちらへ来ていると思って、直接、こっちへ来てしまった」

「ついお喋りに花が咲いてしまって、こんな時間だとは気がつきませんでしたよ」

黒崎が笑顔で弁解した。

「ほう、和馬さんもすっかり日焼けして、元気そうで何よりだ」

宮野木は和馬の日焼けした顔を見て相好《そうごう》を崩した。

「一カ月間、雨が降ったのは二日だけで、後は抜けるような晴天でした。お陰で少しは男らしい顔になりました」

すっかり日焼けした顔を、和馬は掌《てのひら》で撫《な》でた。

「だんだん師匠の顔に似てきたんじゃないかな」

宮野木が目を細めた。

黒崎はどきりとした。宮野木がそれとなく和馬がそのことを知っているのかどうかを試したと、気がついたからだ。

「からかわないでください。師匠に比べたら、月とスッポンですよ」

和馬は日焼けした頬を染めて照れくさそうに微笑んだ。

テーブルの上に豪華な料理が並べられ、まずはビールで乾杯になった。

「館山で新鮮な魚を満喫してきたろうと思って、今夜は肉料理を主体にした。遠慮なく、思う存分食ってくれ」

テーブルの上に運ばれてくる料理は、ほとんどが肉料理だった。

「遠慮なく頂きます」

和馬は宮野木の心遣いを素直に受けて、食欲を刺激する薫《かお》り高い肉料理に、次々とナイフとフォークをつけた。

「館山はどうだったかね。少しは長旅の疲れは取れたか」

宮野木が料理に手を付けながら話の入り口の戸を叩いた。

「ええ。体が全身洗われた気分です。青い海と抜けるような空。それに外房の海の向こうに見える大島《おおしま》の島影。十二年間の胸のつかえが洗い流された感じです。それどころか、大郷さんと若い衆のすがすがしさには、刺激されました。海辺に住むとこれほどまでにのびのびとするのかと、驚きました。大郷さんはやくざと言うより、なんだか哲学者みたいですね」

「ははは、これは驚いた。オヤジさんと同じことを言う」

宮野木が声を上げて笑った。

「え？　師匠が？」

和馬は驚いた顔になった。

「きみと同じことを言っていた」

黒崎まで和馬に可笑しそうな微笑を向けた。

「オヤジさんには二人の人生の師がいる。大郷さんはその二人のうちの一人だ」

宮野木が諭《さと》すように言った。

「もう一人は誰ですか？」

和馬は聞き返した。

「瀬戸内甚左《せとうちじんざ》といってな、スケコマシの神様だ。オヤジさんを一人前のスケコマシに育て上げた人だ」

「そんな人がいたのですか」

和馬には初耳だった。

「一人の女を愛すな――それがスケコマシの基本だった。だからオヤジさんは常に三人の女を抱えていた。一人の女に愛情が傾かないためだ。それを守ったからこそ、オヤジさんは稀代のスケコマシになれた。しかし五十歳を過ぎて、その教えを破った。一人の女に惚れてしまい、結婚しようとしたことがオヤジさんの命を奪ったんだ。きっとあの世で瀬戸内甚左にきつく叱られているだろう」

冗談とは思えぬ口調で宮野木が話を締めた。

「館山に墓を作ったとき、オヤジさんは都内のある寺に預けてあった甚左のお骨を館山の墓に埋葬してやったんだ。今は師弟同居というわけだ」

黒崎が冗談を言って笑った。

「黒崎さんに聞きましたが、宮野木さんは独身だそうですね。師匠の影響ですか？」

和馬は遠慮のない質問を宮野木に投げつけた。

「おいおい、まさかおれまで瀬戸内甚左の弟子にされたんじゃないだろうな」

宮野木が苦笑した。

「宮さんはオヤジさんが一目置いた実業家だ。仕事が恋人で、女と恋をする暇がなかっただけさ」

黒崎が茶化した。

「西城くん、オヤジさんがよく言っていた。黒崎は女を見る目がないのだ。というより、女に関心がないのだ。そういう男は、男を見る眼がある女に選ばれる。つまりいい女に選ばれるのだ。そこが男と女の世界の不思議なところだ。女に関心がない奴に限って、いい女に選ばれる。女を見る目がある奴は、どういうわけかいい女には選ばれない。わたしは女を見る目がよすぎたのだ。だから誰にも選ばれなかっただけの話だ。わかるかな、カズマ」

と、そう言いおえて、

「ははは、オヤジさんの名前を呼び捨てにしているようで、いい気分だぞ、カズマ。はは
は、カズマか。オヤジさんと一字違いの名前とはな」

「オヤジさんがあの世で怒ってますよ。いい加減にしろとね」

「カズマくん、きみはオヤジさんの生まれ変わりだ。志津馬は死んだが和馬が生まれ変わって現れたのだ。これもオヤジさんのわたしと黒崎に対する心遣いだろう。きみもそのつもりで、何の遠慮もなくこの天人社にいてくれたまえ。これはオヤジさんの遺志だと思ってもらいたい」

酒の上の冗談の続きに聞こえた宮野木のこの言葉の裏に、真剣な意味が含まれていることに和馬は気づいた。うっかりした言葉は返せなかった。

「わたしからもお願いがあります」

和馬は居住いを正して応えた。

「遠慮なく言ってみたまえ」

黒崎が優しい微笑で促した。

「わたしが師匠とお付き合いしたのはほんの短い間でしたが、あの一年半の間に、わたしは師匠からあらゆることを学びました。いえ、あらゆることを教えてくれました。十二年間の長旅に耐えられたのも、師匠のお陰です。師匠が死んだことを後から入ってきた極道の囚人から知って、それでも旅先で馬鹿なことをしないで済んだのも、師匠のお陰です。師匠は何度かわたしにこう言いました。〝男の人生には必ず一度は、死にたいと思うことがある。つまり絶望にぶち当たることがある。そのとき、そこでくじけるかどうかで男の値打ちは決まる。そしてもっと言えば、ぶち当たるものが大きければ大きいほど、その回数が多ければ多いほど、男は鍛えられる。躓《つまず》きは男にとってはチャンスと思え〟と。わたしはその言葉を忘れません。十二年間の旅はわたしに与えられたチャンスだと思っています」

「聞いたか、黒ちゃん。カズマくんはやはりオヤジさんの忘れ形見だ」

「カズマ、と、わたしもそう呼ばせてもらおう。きみがそこまでオヤジさんに惚れているなら、おれたちにはもう何も言うことはない。残りの人生はきみのものだ。おれたちが指図できることではない。ただし、一つだけ伝えておくことがある。きみは今日からオヤジさんが築き上げた天人社の社員だ。天人社に籍を置いて、後はきみの好きなことをやりたまえ。今夜はこのホテルへ泊まってもらうが、明日からは天人社の寮を用意してある。そこがきみの家になる。給料は三十万円。足らなければわたしか宮野木に言ってくれれば幾らでも出す。もう一つ、決してまた旅に出るようなことはしてはならぬ。きみに万一のことがあれば、わたしたちがオヤジさんに顔向けができぬ。それだけは守って欲しい」

黒崎が真面目な顔で言った。

「一つだけ、お聞きしてもいいですか？」

和馬が一瞬、ためらいを見せて言った。和馬の眼光が鋭く光ったように、宮野木と黒崎の目には見えた。

「なんだね？」

宮野木が訊いた。

「師匠を殺した犯人は、まだ見つかっていないのですか？」

西城和馬の顔は穏やかだったが、その眼光は鋭かった。

「まだ見つかっていない」

宮野木が重い声で応えた。

「しかし捜査は今も続いている。捜査官の人数は縮小されたが、まだ捜査一課の継続捜査班が捜査に張り付いている。しかもその責任者がオヤジさんとは喧嘩友達といえる名警部になったんだ。喰らいついたら放さないマムシのようなデカさんだ。定年が近づいているらしいが、定年になるまでには犯人を挙げてみせると大見得を切って陣頭指揮を執《と》っているる」

「わたしも宮さんもその警部の心意気は信じているんだ」

黒崎が付け加えた。

「余計な心配かもしれんが、オヤジさんの仇をとろうなどという気は起こさないこと。それは警察の仕事であり、そんなことをしてもオヤジさんは少しも喜ばない。言っておくが、警察の手を煩《わずら》わすことだけはご法度《はっと》だ。余計な説教だとは思うが、これだけは言っておく」

一言一言胸に突き刺さる言葉であった。宮野木の堅苦しい言葉には、師匠の思いが込められているということがはっきりと読み取れた。

「わかりました。決して師匠の顔に泥を塗りつけるようなことはいたしません」

和馬は真剣な言葉を返した。

「よし。わかってくれたか。目出度《めでた》い。和馬くん、改めて長旅から帰還した祝杯だ。おめでとう!」

「おめでとう!」

宮野木が音頭を取り、黒崎もビールのグラスを高々と掲げた。

「有難うございます」

和馬はそう応えながら、胸の中に熱いものがこみ上げてくるのを感じた。

三章　出　発

1

宮野木が和馬のために用意してくれた住居は、隅田川の向こう岸の月島のマンションだった。十五階建ての最上階の南西に向かって窓がある2LDKの角部屋だった。このマンションには十五人ほど天人社の社員・家族が入居しているという。

和馬が案内された部屋は、家具類、食品、トイレットペーパーまで揃っていた。棚型の物入れの引き出しを開けると、スーツからワイシャツ、それに下着類まで揃っている。どれも新品で、靴下には値札まで付いていた。かなり高級な靴下だ。

寝室は南向きの大きな窓が開いたフローリングの部屋で、そこにはセミダブルのベッドが置かれていた。ベッドの上にはパジャマが透明の包み紙に包まれたままだ。独身用らしい衣装ダンスが壁際に置かれ、開けてみるとスーツが二着にワイシャツが二枚。それに普段着らしいジーンズが二本かけられていた。

さらにダイニングルームのテーブルの上には、コーヒーサイホンが置かれ、綺麗なコーヒーカップまで並べられている。用意万端どころか、今にも家政婦が現れて、コーヒーでも淹《い》れてくれそうな気配であった。

広いバスルームには西向きの窓まであって、窓の下には隅田川の流れまで見える。窓のあるバスルームだなんて初めての経験である。風呂へ入りながら夕日が拝めるかもしれない。

早速、和馬はバスタブに湯を落とし、裸になって身を沈めた。足を伸ばして開け放った窓からの景色に酔いしれて、眼を閉じた。娑婆へ帰ってきたのだという実感が、改めて脳裏を過《よぎ》り、同時にこれからのことが心底から舞い上がってきた。

館山の大郷親分にも宮野木と黒崎にも言わなかったが、和馬には娑婆に戻ったら必ずや遂《と》げようと決意した二つのことが胸奥に隠されていた。

その一つは、別れの手紙を最後に和馬の目の前から消えた佐知子の行方《ゆくえ》を探すこと。佐知子に対する未練などではない。彼女が幸せになっていればそれでよいが、そうでなければ和馬の手で救ってやらねばならない。佐知子はいまだに和馬のただ一人の女である。添い遂げる寸前に娑婆と旅先とに引き裂かれて十二年の歳月が流れたが、和馬の胸の中では、今も佐知子一人が添い遂げたい相手であることに変わりはない。もし彼女がいまだに独身ならば、彼女と所帯を持ちたい。殺人者という永久に消えない傷を背負った男など相手にしてはくれないかもしれないが、それでも佐知子の足下に跪《ひざまず》いてでも懇願したい。

そしてもう一つは、実を言えば、師匠の仇を討つこと。

しかし、それは宮野木に先を越されて釘を刺されてしまった。その約束は破るわけにはいかない。

従って、佐知子探しに全力を注げる。

しかしどうやって探すか？

別離の手紙以来、佐知子についての音沙汰はない。おそらく実家へ帰ったのだろうが、実家にしたって青森県の弘前としか判っていない。

青森へ行ってみるしかないか。

リビングルームのソファに腰を沈めてそんなことを思っていると、不意にチャイムが鳴った。

ドア脇のインターホンのピンクのボタンを押すと、玄関のドアの前に立つ若い女性の姿がモニターに映し出された。

「どちら様ですか？」

物売りか何かだろうと思って雑な声になった。

「本社から来ました佐伯《さえき》と申します」

「あ、これはどうも。どうぞ」

本社と聞いて和馬は慌てて玄関ドア開閉のボタンを押して、玄関へ出た。同時にドアが開いてグリーンのドレスに身を包んだかなりの美女が入って来た。

「本社庶務課の佐伯美里《みさと》と申します。社長からお預かりしたものをお持ちしてまいりました」

「それはどうもご苦労様です。さ、どうぞ、上がってください」

「失礼します」

佐伯美里はためらう様子もなく靴を脱いで腰をかがめ、靴の向きを変えて上がってきた。

「まだお湯も沸かしてなくて、コーヒーも淹れられなくて……」

「それはわたしがいたしますわ」

佐伯美里はそう言って持っていた水色のバッグをテーブルの上に置くと、コーヒーセットを持ってキッチンへ消えた。勝手知ったる他人の家という具合だった。

「それじゃお任せします」

和馬は所在無くソファに腰を下ろしてコーヒーができるのを待った。

「わたしコーヒーを淹れるのが好きなんです。会社でもコーヒーはわたしの仕事。事務が苦手ですけどお台所仕事は大好きなんです。母によく言われましたわ。普通の会社になど就職しないでお料理屋さんにでも修業に行けばよかったのにって」

キッチンから陽気な声が聞こえてきた。

「いいお嫁さんになれそうだね」

和馬も気持ちがやすらいだ。

「なら、婚活でもしようかな」

「コンカツ？　なんですか、それ」

「結婚の婚に活動の活。つまり結婚相手を探している最中ということです。若者言葉かしら」

美里は笑いを交えて説明してくれた。

「婚活か。なるほど。結婚への活動ということですね」

「西城さんも独身だそうですね」

「ええ」

と答えて、和馬は宮野木が和馬についてどこまで話したのか、不安が胸を掠《かす》めた。

「独身主義ですか？」

「いや、そういうわけではないけれど」

「今の若い男って、圧倒的に草食男子が多くて、結婚にも怯《おび》えているみたいなんですよ」

「草食男子？」

これも初耳だった。

「ふふふ、西城さんて、若者言葉は何も知らないんですね。草食動物——つまり優しいだけで、決して肉食動物みたいに獰猛《どうもう》ではないということですわ」

「すると女性のほうが獰猛ということ？」

「そういう意味ではないけど、最近の若者の中には、女を食う男がいなくなったということですわね」

女を食う——つまり女喰い。師匠はまさに女を喰う人だった。もう師匠のような男性がいなくなったということか？　つまりは、女のほうが強くなったということか？

「最近の若い女性はそんなに強くなりましたか」

佐知子の可憐《かれん》な顔が和馬の胸奥を掠めた。

「いいえ。女性が強くなったのではなく、男子が弱くなったんだと思います」

「なぜ？」

十二年も旅に出ていた和馬にはその理由がわからない。皆目見当が付かない。

「草食動物。そこに原因があると思います」

美里が断固とした口調で答えた。

「どういうことです？」

和馬にはさらにわからなくなった。

「コーヒーが入りました」

香ばしいにおいを立ちのぼらせるコーヒーを盆に載せて、美里がキッチンから姿を現した。

「この香り、たまりませんね」

和馬は思わずコーヒーの香りに感嘆の声を上げた。本心からの言葉であった。どれほど目の前で淹れられるコーヒーの香りを切望したことか。佐知子が淹れてくれたコーヒーの香りが嗅覚の奥に、大事にしまわれていたのだ。

「お砂糖は？」

「いや。ブラックで」

佐知子はコーヒーに絶対に砂糖は入れなかった。しかも彼女は濃くて苦いコーヒーが好きだった。錦糸町の喫茶店でコーヒーの香りと苦味を覚えこんだのだ。その香りと味に、この十二年間、どれほど渇望したか知れない。

その味と香りに、今、漸《ようや》くありついた思いだった。

「草食動物、でしたわね」

美里はコーヒーに一口くちをつけると、話の続きに戻った。

「うん。男が弱くなったのは、男が草食動物になったせいだと……」

「草食動物は優しい動物ですわ。でも優しいというのは弱いということでもありますわね。今の若い男は確かに昔に比べたらずっと優しくなっています。女を女とも思わない野生のような男なんてお目にかかったことありませんもの。でもわたしには男が優しくなったからとは思えませんわ。男は弱くなって、その弱さが優しく見えるんじゃないでしょうか」

筋の通った解説だった。

「なるほど、優しくなったのではなく、弱くなったか。わかるような気がしますね」

旅先でも、新しく入って来る若い新入りの弱々しさは呆れるほどだった。和馬と同じく殺人傷害で入って来た数歳年下の若者は、最初は威張りかえっていたが、殺した相手が女性とばれると、周りからバカにされて猫に睨まれた鼠《ねずみ》のようになっていた。

「だからといって女性も強くなったわけでも、優しい男性を求めているわけでもないんです。婚活の主眼は優しい男ではなく、優しくてお金のある男なんです。むしろお金が主眼でしょうね」

美里はいとも簡単に、婚活の正体を暴露した。これは只者ではないぞと、そのとき初めて和馬は気づいた。相当なインテリに違いない。

「なかなか核心をついた話を聞かされて勉強になりました」

和馬はコーヒーカップをテーブルの上に置き、畏《かしこ》まった言葉を返した。

「いやですわ。ただのお喋りです。余計なことをお喋りしちゃったみたいで、恥ずかしいわ」

美里は本当に恥ずかしげに、バッグからハンカチを取り出して口元を拭った。

「あ、忘れるところでしたわ。これ、社長からお預かりしてきたんです。西城さんにお渡しするようにと」

そう言って、美里は白い角封筒を取り出してそのまま和馬に手渡した。

白い封筒の中には、預金通帳とキャッシュカード。それにカードの暗証ナンバーを記した、折りたたんだ紙切れ。銀行の預金通帳には百万円の預金額が記されていた。

「あと、社員証を作るので、写真を一枚撮るようにと。カメラがここにあると聞いてきましたが」

「そうですか。まだカメラまでは見つけてないが」

「寝室のサイド・テーブルの引き出しに入っているそうです」

「見てみましょう」

カメラまで用意してくれたのかと、細かい気の使いようが改めて和馬の気持ちをやわらげてくれた。

ベッドサイドの棚の引き出しに、新品のカメラが入っていた。小型だがかなり高級そうなカメラだ。

「ぼくには使いこなせないね」

カメラなどいじったことさえない。

「わたしが撮りますわ」

「え？　今？」

「人事課で写真を待ってます。今、送っておけば、夕方には社員証ができますわ」

「送るって……？」

「カメラで撮ってパソコンで送るのです」

「パソコン？」

「あれですわ」

美里はおかしそうに笑い、リビングルームの片隅に置かれたデスクの上の小型テレビのような物を指差した。

「あれは小型テレビじゃないんですか？」

和馬はテレビだとばかり思っていた。

「テレビはあれですわ」

美里は笑いをこらえ切れない顔で和馬の真正面に置かれた薄型テレビを指差した。

「あれがテレビだとはわかるけど、同じテレビをデスクの上に置いて、随分、贅沢《ぜいたく》だなと思っていた。お恥ずかしい」

さすがに和馬は顔が赤くなるほどの失態だと思った。

「メカにあまり興味はないんですね」

「うん。子供の頃からメカには弱かったから」

十二年間の長旅のせいで最先端のメカについてはまるで無知だということが、痛いほど実感できた。しかし美里が和馬の長旅のことは知らないらしいと、今の会話でわかったことが、なんとなく和馬をほっとさせた。

美里は手際よくカメラとパソコンを操り、わずか数分で仕事をやってのけた。

「凄いね」

美里の鮮やかな手さばきに見とれていた和馬は感嘆の声を上げた。

「こんなことならいつでもお教えしますわ。覚えてしまうとなかなか便利なものですわ」

「ほんとだね。ぜひ教えてください」

和馬は好奇心に燃えたが、

「でもそんな暇はないだろうね」

と、美里が天人社の社員の一人であることに気づいた。

「いいえ。言い遅れましたが、西城さんが東京の生活に慣れるまで、おそばに付き添うように、社長から言い付かってきましたので。わからないこと、必要なことはどうぞご遠慮なく申し付けてください」

「そうですか。それは助かるなあ。なにしろ東京は十二年ぶりですので、何もわからない。よろしくお願いします」

「こちらこそよろしくお願いいたします。早速ですが、なにか必要なものがございましたら、買ってきますけど」

「いや。今のところは何も」

「夕ご飯にはまだ時間がありますけど、お散歩でもしますか?」

「錦糸町界隈に行ってみたいね」

美里の好意に、和馬の口から思わず胸の底にしまっておいた町の名前が出た。

「いいですわね。錦糸町なんて久しく足を運んでませんわ」

「三年半ほど錦糸町に住んでいたことがある。もう十二年も前のことですが」

「それはぜひお供させてもらいますわ」

「一緒に来てくれるんですか？」

「ええ。それがわたしの務めですもの」

「嬉しいなあ。一人では心細いと腰が引けていたんだよ。助かりました」

そう言いながら、初めて錦糸町が自分ひとりでは行けない町になっていることに和馬は気がついた。

2

タクシーで出かけた錦糸町の町は、和馬の記憶にある街とは一変していた。駅前は綺麗に整理されて広々と明るくなり、場外馬券場へ入っていく路地の一角を除いて、すべてが新しく建築されたビルでふさがれている。駅裏にも大きなビルが建ち、和馬が住んでいたアパートなどは影も形もなく取り払われて、コンクリートの五階建てのビルに様変わりしていた。無論、佐知子のいたアパートも消えている。

猿江公園だけが微《かす》かに当時の面影を残していた。

「これが猿江公園なのね。江戸時代、幕府公認の大貯木場だったたって聞いたことがあるわ」

美里も生い茂る樹木の密度に驚いたような声を上げた。

「今は新大橋通りに分断されているけど、その前はこの茂みがずっと向こうまで続いていたみたいだね。新大橋通りの向こうも、町名が猿江になっている」

和馬はこの町の思い出にどっぷりと浸かった。

「ここにこうしていると、まるで別世界に来たみたい」

美里は松の並木の下のベンチに腰を下ろして、松の茂みにさえぎられた上空を見上げた。

「デートには絶好の場所だよ」

和馬もその脇に腰を下ろした。

「あら、ここが西城さんのデートコースでしたのね」

「え？　あ、そういうわけでは……」

ついロをついて出てしまった一言が墓穴を掘ったことに気がついたが、時はすでに遅かった。

「ぜひお聞きしたいわ。随分ロマンチックそうだもの」

美里は美味《おい》しいご馳走にありついたような顔で促した。

「なんだか恥ずかしいなあ」

そう言いながらも胸の中には佐知子との楽しい思い出の光景が溢れていた。

「彼女に最初に出会ったのが、ここ……この後ろの、松林の中だった」

和馬はそう言ってベンチの後ろを顎《あご》でしゃくった。

「まあ。するとここは西城さんにとっては、青春の出発点ですのね」

美里は感嘆の声を上げた。

「うん、まあ、そんなところだね」

青春の出発点というよりも、和馬にとっては青春の終点になってしまった場所といえる。その場所で佐知子と出会い、それから一年半後に、ほぼ同じ場所で佐知子を強姦しようとして待伏せしていた五人組と乱闘になり、一人を殺し、一人に重傷を負わせて十二年間の長旅に旅立つことになったのだから。和馬の青春は石塀に囲まれた旅先でむざむざ費やされてしまった。

「彼女の名前は？　どんな方でしたの？　東京の方？」

美里はよほど興味があるらしく、質問を畳み掛けた。

「ドライブなんか行かなかったんですか？　トラックの運転手さんなら、運転はお手のものだったんじゃないですか？」

「車もなかったし、ドライブなんか考えもしなかった。でも、車にはよく乗せてもらった。車で荒川まで行って、荒川土手でいろいろ話を聞かせてもらったな」

「それが天人社の創立者といわれている菅原志津馬という人？」

「うん。立派な人だったなあ。明るくて、強くて、話が面白くて、紳士で……会うのが楽しみだった」

「でも、やくざだったんでしょう？」

「いや。やくざをたった一人で二十九人もやっつけたという兵《つわもの》だった。だからやくざのほうから部下にしてくれといって、数百人ものやくざが菅原さんの下に集まってしまったんだ」

　これはつい先日、館山の大郷親分から聞いた話である。

「庶務課の課長のデスクの後ろの壁に、初代の写真が飾ってあるの。確かにきりりとしたいい男だわ。でも、今の女性にはもてないタイプ。さっき話した草食男子とまるで別人だもの。怖いって感じね」

「つまり肉食男子というわけ？」

「近づくと食べられてしまいそう」

「ははは、美里さんほどの美人なら、確実に食われていたかもしれないなあ」

和馬は初めて冗談を言って笑った。

「わたしは絶対に食べられません。食べるほうです」

「怖いなあ。肉食女子というわけだ」

「佐知子さんって、どんな女性でしたの？」

いきなり話の矛先《ほこ》が佐知子に向けられて、和馬はどきりとした。

「ごく普通の、平凡な女だよ」

無論それは和馬の本心ではなかった。佐知子は和馬の初恋の女であり、同時に永遠の女である。彼女が平凡な女であるなら、和馬にとっては平凡な女が最も素晴らしい女ということになる。

「平凡だなんて、そんなはずないわ。愛し合っていたのに、突然、あなたのそばから離れていってしまっただなんて、想像できませんわ」

まるで自分のことを主張するような、真剣味を帯びた口調であった。

「それは……」

「この公園が最初の出会いの場所なんですよね？」

美里は畳み掛けてきた。

「うん……」

和馬は照れたように頷いた。

「聞かせて。どんな出会いでしたの？」

美里は眼を輝かせた。

「彼女と出会っただけではなく、菅原志津馬さんとも出会った……」

「え？　ここで？」

「うん」

「うわあ、それはぜひ聞きたいわ。話して。話してちょうだい」

美里の好奇心に圧倒されて、和馬は佐知子と師匠との最初の出会いの思い出を披露した。

「素敵……」

和馬の話が終わると、美里はうっとりするような顔で言った。

「天人社の創設者があなたたちの愛のキューピットだなんて、まるで御伽噺《おとぎばなし》みたい」

和馬の話に陶酔したようだった。

「それなのにどうして結ばれなかったの？」

恐れていた言葉がすぐに返ってきた。

「それは……」

と、和馬は再度、口ごもった。殺人傷害事件を起こして十二年の刑を受け、旅に出ていたなんて言えない。しかし、黙っているより、話してしまったほうが気は楽になるんじゃないだろうか？

「それには、理由があるんだ」

和馬は決心した。裁判中も、十二年間の旅先でも、自分の犯した罪を一度も恥じたことはなかったではないか。反省すらしなかったではないか。己《おのれ》の行動を誇りにすら思っていたではないか。今またこの瞬間、あのような悪党が美里を襲えば、和馬は躊躇《ちゅうちょ》なくそいつらを殺すか叩きのめすであろう。

恥ではない！

そう言い聞かせて、和馬は口を開いた。

「おれは人を殺して、十二年間、刑務所へ入っていたんだ」

意を決した静かな声であった。

「!?」

びっくりしたような、声の出ない暗黒の塊《かたま》りのような沈黙が返ってきた。

「十二年前、日が沈んで公園から人影が消える頃だった。七時に仕事が終わる佐知子とこの公園でデートの約束をしていた。少し時間は早かったけど、おれのほうが仕事が早めに終わってしまったもので、公園で待ってようと思った。そこを例のチンピラ五人組が待ち伏せしていたんだ。おれと佐知子のデートの瞬間を襲うという魂胆だった。連中はおれにドスを突きつけて、林の中へ連れ込んだ。そこで佐知子の来るのを待ち伏せるつもりだったんだ。佐知子が危ない——そう思ったときにはおれの体はドスをちらつかせる男に体当たりしてドスを奪うや、もう一人のドスを構えた男に飛び掛かり、乱闘になった。気がつくと、一人は倒れて動かず、一人は腹を押さえ込んで蠢いていた。一人を殺し、一人に重傷を負わせ、残りの三人は逃げ去った。おれはドスを持ったまま錦糸町駅前の交番へ自首して逮捕され、殺人と傷害罪で十二年の旅に出たわけだ。しかし、おれには反省も、悪いことをしたという気持ちもない。当然のことをしたと、今も思ってる。誇りにしているわけではないけれど、自分は間違ってはいなかったと、今も信じているんだ」

「……」

反応はなかった。

「つまらんことを喋ってしまった。忘れてください。思い出の場所に来てしまったので、つい口が軽くなってしまった。行きましょう」

和馬はそう言って腰を上げた。美里は無言でついてきた。

新大橋通りへ出て向こう側へ渡り、タクシーを止めた。

「どうぞ」

美里を先に乗せておいて、

「先に帰ってください。おれは荒川まで足を延ばすので」

和馬はそう言ってタクシーのドアを閉めた。美里は何か言いたそうな顔を窓に近づけたが、タクシーはそのままスタートして走り去った。

和馬は向こう側へ渡ってタクシーを拾い、船堀《ふなぼり》大橋の手前で降りて旧中川の橋を渡り、公務員住宅のマンション街に囲まれた大島小松川公園を突っ切り、荒川べりへ出た。

荒川の土手に上がると、目の前に懐かしい情景が広々と広がって、美里につまらない過去を話してしまった後悔という重い気分が一度に吹き飛んだ。この川の開けきった風景を、どれほど焦《こ》がれたものか。海とは違った開放感が胸いっぱいに広がる。向こう岸の町並みには高層ビルというものがない。だからほぼ水平の向こうには空と雲しか見えない。朝方にはそれこそ日の出さえ拝める。師匠の菅原志津馬は何度か元旦に初日の出を拝むために早起きして車を飛ばし、錦糸町からここまで駆けつけてきたという。それほどこのあたりの荒川土手からの眺望は開けている。

今は陽が西に傾いて背中のほうに行ってしまっているが、東の空が夕日を受けて赤く染まっている。荒川の上空には雲がないから赤みは差していないが、日の出の場所の東の空には雲があり、それが夕焼けのおすそ分けを貰って赤い。

和馬は土手のベンチに腰を下ろし、東の空の夕焼けを眺めた。美里にいらぬことを話してしまった後悔の念はすでになく、気持ちは軽かった。これならば月島のマンションへ帰れる。

明日からはあのマンションを塒《ねぐら》にして、佐知子探しに没頭できる。

佐知子……。

そばに佐知子がいるような気がする。十二年前には必ず和馬の脇には佐知子が腰を下ろしていた。そして師匠も。

しかし今は師匠も佐知子もいない。

その寂しさが、ここにこうしていると、尻から這い上がってくる。

陽が西の空に沈んだのか、東の空から赤みが消えて、夜の始まりの色に変わっていた。

帰るか、佐知子――。ここにいない佐知子の名前を胸の中で呼んで、和馬は腰を上げた。

新大橋通りへ出て、タクシーは拾わずに西へ向かって歩いた。東京の街に慣れるには、歩くのが一番と考えたのだ。とりあえずまっすぐどこまでも歩けば、隅田川に架かる新大橋にぶつかる。橋の手前を左に曲がって隅田川沿いに下っていけば、いずれ門前仲町《もんぜんなかちょう》へ出て、さらに下れば月島に出る。かなり時間は掛かるだろうが、運動と思えばたかが知れている。

とっぷりと日が暮れた頃、四ツ目通りに出た。右へ行けば錦糸町駅前に出る。左へ下れば東陽町《とうようちょう》へ出る。どちらを選ぶかと考えて、左へ曲がって四ツ目通りを下った。

歩き応えのある距離だった。東陽町の交差点に出たのは、七時半を過ぎていた。それほどの疲れはないが、足がこわばっている。靴が硬いせいらしい。この靴は館山で大郷親分が買ってくれたものだ。素晴らしく歩きやすいが、長距離を歩くようにはできていないのだろう。

門前仲町へ出て清澄《きよすみ》通りを左折。門仲の交差点近辺の賑わいは十二年前とあまり変わっていない。門仲の裏通りは飲み屋街になっていて、運送会社にいた頃、よく運転手が仲間同士で呑みに通ったものだ。和馬も二度ほど先輩に連れてこられたことがある。ひとしお懐かしい街だ。

そこから佃《つくだ》までは一キロもない。

前方に墨田川沿いのマンションが見えてきたのは、九時になろうとしている頃だった。

歩いたという充実感が全身に快い疲れとともに漲《みなぎ》っていた。これで今夜はよく眠れる。美里には悪いことをしてしまったが、しかしこれが当然の成り行きだったのだろう。自分が殺人罪で十二年も刑務所に入っていたことは、和馬が黙っていてもいずれ知れることだ。和馬の経歴は死ぬまで背中について回るものだ。それを隠しとおせるはずなどないのだ。

おそらく生涯、誰も近寄っては来ないだろう。殺人者とは誰も付き合ってくれないであろう。それは今から覚悟しておく必要がある。

それでいいのだ。そのほうが気が楽だ。今夜から自分のことは自分でする。旅先と変わらない。旅先と違って拘束はされていないのだからそれだけでもありがたいと思わなくてはならない。頑張れよ、和馬！

自分を励ますほど元気な足取りでエレベーターに乗り、最上階の十五階で降りて西側の角部屋の前に立ち、キーを取り出してドアを開けた。

「!?」

ドアの向こうへ足を踏み入れようとしてその足が宙に止まった。部屋も廊下も明るい。煌々《こうこう》と電気が点《とも》っているではないか。

「お帰りなさい」

元気な声と同時に、白いエプロン姿の美里がキッチンから現れたではないか。

「きみは、帰ったんじゃないのか!?」

和馬はその場に棒立ちになった。

「お帰りは遅くなるだろうと思いまして、さっきお食事の支度に取り掛かったところですの。あと十分でできますので、お待ちください」

和馬の質問には答えようともせず、そう告げるとすぐにキッチンへ消えた。

和馬はリビングルームへ上がり、寝室まで足を延ばして着替えをし、リビングルームへ戻ってテレビのスイッチを入れた。リモコンの扱い方は、館山で覚えてきた。しかしどんな番組を見ても一向に面白くない。テレビがついているだけで、退屈から逃れられるというだけのものだ。

やがて、夕食ができたと見えて、湯気の立つ料理を載せたワゴンを押して、美里がキッチンから現れた。そしてテーブルの上に料理を並べ終わると、エプロンを外し、いきなり和馬の前に膝を落としてカーペットの上に正座した。

「先ほどは大変失礼しました。自分のおろかさを恥じております。西城さんのことは何も知らなかったものですから、気持ちが動転してしまい、言葉も出ないくらい狼狽《ろうばい》してしまったのです。取り返しのつかない失態でした。さぞや不愉快なご気分になられたでしょう。こんな失態は許されるものではありません。社長にも報告いたしました。わたしは西城さんのお世話をする人間としては失格です。夕飯だけはお作りしておこうと思いまして、こんな時間までいさせてもらいました。これでお暇《いとま》いたします。本当に申し訳ございませんでした。お許しくださいませ」

カーペットに額をこすり付けるほどに頭を下げた。

「不愉快というよりもショックだった。決して人様には話すまいと思っていた過去を、なぜきみに話してしまったのか、そのことがわからず、己のアホさ加減がいやになった。殺人者を目の前にして驚かない人はいないだろう。驚くのが当たり前だ。それを無神経に話してしまったおれが馬鹿だった。許してくれ。詫びなければならないのはおれのほうだ。しかし、きみがいてくれて安心した。宮野木さんがなんといったか知らないけど、おれはきみがたった一日でおれのそばから離れることは許さない。殺人者の世話をするなんて決して気分のいいことではないだろう。恐れがあり、近づくのもいやだという気持ちはわかる。それでもそばにいてもらいたい。無理にとは言わないが」

思いがけない言葉が勝手に口から流れ出たが、しかしそれが本心であることに違いはなかった。

「え？　このまま、おそばにいてもいいのですか？」

和馬を見上げた顔が血の気を帯びて頬が赤かった。

「おれのほうから頼みたいくらいだ。ただし条件がある」

「はい」

「おれは確かに殺人者だ。刑を終えてもそのレッテルは消えない。しかしおれはこれっぽちも後悔していない。だから反省もしていない。裁判のときも、刑務所にいたときも、反省や後悔は一度もしたことはない。反省の色がないので、裁判でも検察側の要求どおりに十二年の刑が下りた。刑務所でもそうだった。反省の色がないということで、十二年間きっちりと勤めた。反省の色をむき出しにして、模範囚になって一年でも二年でも恩赦《おんしや》で早く刑務所を出たいという気持ちなどなかった。でも、誤解しないでくれ。自分の犯した罪を誇りに思っているわけではないんだ。強姦されそうな佐知子を助けられたという安堵《あんど》感はあるが、それを誇りに思っているのではない。か弱い女性をよってたかって強姦する人間など、絶対に許せないという感情がおれを支配したのだと思う」

言ってしまってから、和馬は自分が言い訳していることに気がついて、

「あ、すまん。余計なことを言ってしまった」

と、美里に向かって頭を下げた。

「いえ。西城さんのお気持ちが充分にわかったように思います。お言葉はいちいち胸に深

く突き刺さりました」

そう応ずる美里の頬は紅潮して、うっすらと額に汗さえ見えた。

「有難う。さ、どうぞこっちに座ってくれ。折角の夕飯が冷めてしまう。二人で食おう」

「わたしもご馳走になっていいんですか」

「きみが作った料理じゃないか。遠慮などいらないよ」

和馬はかなりの空腹を覚えて早速、テーブルに並べられたえびのから揚げに手を付けた。

「美味い。美里さんは料理も上手なんだね」

「自炊生活ですから」

「家はどこ？」

「ここですの」

「え？」

和馬は思わず顔を上げた。

「あ、御免なさい。このマンションの五階です」

「ああ、びっくりした」

和馬は胸をなでおろすような顔を見せた。

「このマンションには十五名もの社員が住んでいますの。そのうちの十名は家族もちです。建物も土地も天人社のものですから、社員は半額の家賃で住めるのです」

「それはいいね。会社には近いし、銀座もすぐ近くだから都心の一等地だ」

「でも近すぎて、実はあんまり人気がないんです。家が近いと、残業が多くなるって」

「なるほど。天人社はこの不況なのに、やけに忙しそうだものね」

「天人社の特徴は、底辺から最上級商品まで、つまり一個一円のジャガイモから、一カラット一億円のダイヤモンドまで扱っている強みですわ。天人社で扱っていないものはないと言われるほどの濃密な商品売買にかかわっているせいですわ」

「それも黒崎専務の発案ですか」

「あら、ご存知でした？」

「おれの師匠・菅原志津馬さんからよく聞いていた。黒崎は発案、発明の天才で、宮野木は商売の天才だって」

「菅原志津馬という先代は、とても女性にもてたんですってね」

先代の社長については、その程度の知識しか持っていないようだった。

「女性にもてただけではなく、女性に尽くした人です。生涯に百人以上の女性と関係を持ったようだが、一人として不幸にはしなかったそうだ」

「おれにもよく言ってました。女遊びはしたければしてもいい。しかし絶対に相手を不幸にするなと」

「それを実行なさったんですか？」

からかうような笑みが美里の目元に浮かんでいた。

「いや。おれはそんな暇もなかったし、正真正銘、ただ一人だった」

和馬の言葉は自然にしっとりと落ち込んだ。

「そう言えば、佐知子さん、どうなさっているのかしら」

美里の声も沈んだ。

「わからない。故郷は青森の弘前ですが、詳しい住所も電話番号もわからないので、連絡の取りようがない」

「わたしが調べてみましょうか」

「できるの？」

「できると思います。会社のネットワークは全国に広がってますから。明日にはわかります」

「それはありがたい。ぜひとも頼みます」

「男の鑑《かがみ》ですね」

その夜は遅い夕飯の後片付けを終えるとすぐに美里は五階の自室に戻り、翌朝、九時に和馬の部屋へ現れた。

「遅くなって御免なさい。昨夜、三時まであちこちにメールを送っていたものだから。おなかすいたでしょう。すぐに用意しますわ」

「腹は減ってません。昨夜、腹いっぱい食べたから。飯よりコーヒーを頼みます」

「はい。わたしもコーヒーが飲みたかったんです。佐知子さんのことはお昼頃まではわかると思いますから」

「有難う。それで昨夜は遅くまで起きていたんだね」

「できるだけ早くお知らせしたいと思いまして」

美里はいそいそとコーヒーの支度に掛かった。

すぐにコーヒーの濃厚な匂いがリビングルームを満たし始めた。

「佐知子さんの消息がわかったら、どうなさるんですか？　すぐに会いに行きます？」

「いや。彼女が幸せならばそれでいい。会いに行く必要はない」

「もしそうでなかったら？」

「そのときは、できるだけのことはしなければならないだろうね」

「佐知子さんは、今、お幾つなんですか？」

「おれと一つ違いだから、三十一か」

「もう子供がいるかもしれませんね」

「そうあってくれれば安心だが」

コーヒーが入って、二人はしばし朝のコーヒーの味に浸った。十二年間味わえなかった美味いコーヒーを館山で振舞われて、舌と嗅覚がコーヒーなしにはいられないほど中毒になってしまったのだろう。美里がコーヒー好きで助かった思いだった。

「朝ごはんはいいんですか？」

コーヒーを味わいながら、美里が和馬の腹を気遣った。

「昼まで大丈夫。コーヒーさえあれば朝飯はいらないよ」

「そういえば、佐知子さんは錦糸町の喫茶店に勤めていたと言ってましたね。そこへよく通ったのですか？」

からかうような眼が和馬の顔を覗き込んだ。

「うん、何度かは通いました。コーヒーは美味かった」

「コーヒーを味わう暇があったのかしら？」

「からかわないでくれ。冷汗が出るじゃないか」

「まあ、十二年も前のことなのに、冷汗が出るなんて、よほど惚れ合っていたんですね」

「よしてくれよ。ますます汗が噴き出すじゃないか」

不意に美里の赤いバッグの中で携帯電話が振動音を立てた。

「あ、返事かもしれない」

美里が期待をこめた顔で携帯電話を取り出し、

「仙台《せんだい》の友達からだわ。きっと何か摑んだんだわ」

そう言って携帯を開いた。

和馬は思わず前のめりになって覗き込んだ。携帯に映し出されたメールの文字は小さすぎて見えない。

美里の眼が真剣に携帯の画面を流れる文字を追っていた。かなり長いメールだった。

「完璧に調べてくれたんだわ」

美里が文面に視線を固定したまま口を開いた。

「佐知子さん、三年ほど青森の弘前の実家へ帰って、それから仙台へ出て喫茶店で働いていたんだけど、恋人ができたらしくて、その恋人と一緒に東京へ出て、五年前に二人だけで結婚式を挙げてから連絡が途切れてるんですって。弘前の実家にも連絡が途絶えているみたい」

「それは誰が調べたの？」

和馬は美里の携帯電話を覗き込んだ。

「仙台支社のわたしのメル友。といってもわからないですよね。メールのやり取りだけのお友達。彼女は仙台支社の青森・秋田方面担当なので青森にはよく車で出かけてるんです。詳しい話は、佐知子さんの高校時代の親友で、今は青森市で結婚して二児の母親である主婦から聞いたそうですが、佐知子さんの家の人も知らないことでも、彼女は知っているみたいです」

「東京の佐知子の住所はわからないかな?」

「ちょっと待って」

美里はそう言って携帯のプッシュボタンを押し、耳元に押し当てた。

「あ、真理子《まりこ》さん? 美里。今メール届いた。有難う。一つ聞きたいんだけど、佐知子さんの東京の住所はわからないかしら。ええ。ちょっと待って」

美里はそう言ってバッグの中から可愛らしいボールペンを取り出してメモ帳を開き、

「いいわよ」

と、相手の言葉をメモし始めた。佐知子の東京の住所だった。

「有難う。また電話するかもしれない。ほんとに有難うね」

電話を切った彼女の手には、杉並《すぎなみ》区高円寺《こうえんじ》の名前が見えた。

「この住所を最後にわからなくなってるんですって」

「高円寺か」

そのメモを受け取って、和馬は高円寺の記憶を蘇らせた。一度だけ、佐知子と二人で行ったことのある街だ。夏祭りの夜、高円寺駅前の道を埋め尽くす踊りの行列を見物に行ったのだ。あいにくの雨で、二人はずぶぬれになって駅前の人ごみの中で見物し、帰りは最終電車になったのを覚えている。

「五年前までここにいたみたいだから、そこへ行けば何かわかるかもしれないわ」

「行ってみるか」

和馬はそれ以外にないと思った。五年前から家族にも行方《ゆくえ》がわからないとなれば、何かあったと思わざるをえない。少なくとも幸せな暮らしをしているとは想像できない。悪い予感が先にたつ。

「お供しますわ」

美里もその気になっていた。

「助かる」

二人は同時に腰を上げた。

3

定例会議が終わったのは九時過ぎだった。会議などというのは時間の浪費であって、なんら得るところはないと、天人社創立以来、菅原志津馬初代社長の方針で、月に一度と決めた定例会議だ。午後五時に始まって、遅いときには深夜にいたるが、今のところ難しい問題もなく、九時か十時には終わる。

出席者は都内の支店の責任者のみで、毎回、二十名を越えることはない。今日のテーマはこの不況をどのように利用していくか、不況を〝吾が利〟に変えるマニフェストの話し合いであった。黒崎の最も得意とする手品のような経済学が披露されて、各支店のトップは安心して帰っていった。

「お疲れさん」

宮野木は疲れ果てた様子の黒崎をいたわった。

「一杯やれば疲れなど吹っ飛ぶ」

黒崎は額に浮かんだ汗をハンカチで拭いながら微笑んだ。天才的な能力を持ちながら、これほどエネルギッシュな男を、宮野木は他に知らない。二十人の部下を使いこなし、なおかつメカの製造現場を飛び回り、あるいはノーベル賞受賞の物理化学や医学者の元を訪ねたり、日本中ばかりか世界を飛び回りながら、一日たりとも休んだことはない。すらりとした紳士なのに、どこにこれほどのエネルギーが隠されているのか、不思議でならない。

「これから銀座である人物と会うんだが、一緒にどうだ」

「ある人物？」

「あんたもよく知ってる人物だ。気兼ねはいらんよ。美味い酒が待っている」

「誰です。気になるじゃないですか」

「警視庁の警部さんだ」

「え？　まさか、立花警部補？」

黒崎の面上に驚きの色が浮かび出た。

「今は出世して、警部さんだ」

「懐かしいな。もうだいぶ会ってないな」

「おれはオヤジさんの葬式から何度か銀座で会っている。立花さんも喧嘩相手のオヤジさんに死なれて寂しいんだろうな」

「あの人もそろそろ定年じゃないの？」

「あと半年もないといっていた」

「そうか。それじゃぜひとも会いたいね」

「黒ちゃんが顔を出せば喜ぶぞ。十時に〝松や〟で待っているんだ」

「よし。行きましょう」

二人は会議室を出てエレベーターへ急いだ。

黒崎は菅原志津馬が天人会を創設した年に結婚し、目黒《めぐろ》のマンションに所帯を構え、今は一男一女の父親である。細君は黒崎の母校の大学の数学の助教授という俊才で、四十を越えた今も大学の教授として教壇に立っている。天才といわれた黒崎と数学の大学教授を務める夫人との間にできた子ならさぞかしや優秀な子が生まれるであろうと、宮野木も期待していたのだが、どう遺伝子が狂ったのか、長男は野球に熱中し、将来はプロ野球選手を目指す野球少年。長女は中学生にして舞台俳優。将来は舞台専門の大女優になると息巻いているという。そのことについて父親も母親も、一言も異を唱《とな》えず、何も文句を言わないというから、それが天才の天才たる所以《ゆえん》かもしれないと、宮野木は思う。

六十を過ぎながら、いまだ独身の宮野木から見ると、なんとも羨ましい黒崎の家族である。

「おお、黒崎くんじゃないか。久しぶり！」

黒崎の顔を見ると、立花は満面に笑みを湛えて立ち上がり、両の手を差し伸べて迎えた。

「お久しぶりです。三年ぶり、いや、五年ぶりくらいになりますか」

六畳の和室であった。銀座では一、二を争う高級料亭である。いくら天人社が儲かっているとはいえ、滅多に上がれる店ではないが、菅原志津馬健在なりし頃、大阪から出てきた老舗《しにせ》に追い詰められたとき、志津馬が乗り出して追い払ってやったという経緯があり、宮野木が奥座敷を使っても、せいぜい相場の半分くらいの飲み代しか取らない。

「立花さんは定年が近いそうですね」

「定年までには真犯人を挙げねばと頑張ってきたんですが、墓前に頭を下げねばならぬ羽目になりそうです」

立花の顔が曇った。そう言えばちょっと見ぬ間に、随分老けたように黒崎の目には見える。眼は落ち窪《くぼ》んで、精悍だった表情は影を潜めて、普通の老人の顔になりかけている。

「オヤジさんはそんなことは気にしていませんよ。立花さんに少しは休めよと、笑っているかもしれませんよ」

「いまだに犯人像さえ浮かんでこないことを笑っているんだ」

「しかし、不思議な事件ですよね。実に簡単な事件だと思っていたのに」

黒崎が改めて事件を思い出したような口調で言った。

「まったくだ。人の女房に手を出して結婚しようとして殺されたんだから、犯人像は特定されているようなものだったのに、それがもう十年経つというのに、いまだに真犯人の姿どころか影さえ浮かんでこないというのは、普通のことではない」

「何か捜査に進展があって電話を頂いたのかと期待してきたんですけど……」

宮野木はいささか皮肉をこめて言った。

「あ、いや。今日はその件ではないのだ。まるっきり別……というほどのことでもないが、ちょっとお聞きしておこうと思うことがあってね」

「ほう、別件ですか」

宮野木は少しばかり深刻な気がした。立花は本庁捜査一課の警部である。そんな人物が志津馬暗殺の一件でないことで宮野木に会いたいと言ってくるとは、何事であろうか？今のところ捜査一課が乗り出してくるような件でやましいことは何もしていない。国税や消費者庁からの声には警戒心を尖らせているが、警視庁に対しては無警戒である。

「菅原さんから、西城和馬という名前を聞いたことはないかね？」

「西城和馬？」

立花から思いがけない名前が出て、宮野木と黒崎は思わず顔を見合わせた。

った。


「錦糸町で知り合ったという若者だ。もっとも今はもう三十は過ぎているはずだが」

「その若者が何か……？」

宮野木は問い返した。立花がなぜ西城和馬のことを知っているのか、その疑問が先に立った。

「錦糸町で知り合ったトラックの運転手とか言ってた。恋人が強姦されそうになって、その連中と喧嘩になり、一人を殺して一人に大怪我させたとかで、十二年の刑を喰らってムショ入りしたんだ。菅原さんの嘆《なげ》きは相当なものだった。それが、今でも不思議な気がするんだが、あの事件の裁判が結審する数日ほど前だったか、ふらりとわたしを訪ねてきて、新橋で飲んだときに、妙なことを言い出すんだよ。あいつのことだから決して仮出所などということはないだろう。きっちり十二年間お勤めをさせられる。そのときは、あんたに頼む、あんたもその頃には定年になっているだろうから、面倒を見てやってくれ——そう言ってわたしの前にひれふすような感じで頭を下げたんだ。驚いたよ。で、言ってやった。あんたが自分で面倒見てやればいいだろうって。するとあいつ、なんて言ったと思う？　それまでおれは生きてはいないだろう。おれみたいな男が爺《じじい》になるまで長生きできるわけはないだろうと、威張っていた。話はそれたが、その西城和馬が二ヵ月ほど前に出所したはずだが、行き先がわからず、もしや宮野木さんがご存知ないかと思ってね」

疲れ果てたような立花の顔に血の気がさして生き生きとしてきた。

「そうですか。オヤジさんは立花さんにそんなことをお頼みしていたんですか」

宮野木は初めて知った事実に、改めて志津馬がどれほど西城和馬のことを気にかけていたかを思い知らされた気分だった。

「安心してください。西城和馬は天人社で預かっていますよ」

黒崎が立花に酌をしながら笑顔で告げた。

「え？　本当か？」

立花は二人の顔に交互に問いかける眼を向けた。

「十二年の刑期を終えて出所したその日に天人社を訪ねてきたんですよ。わたしは忙しくて会えなかったんですが、菅原さんの墓はどこにあるのかと、それを聞きに来たんですね。オヤジさんから天人社やわたしの名前を聞いていたんでしょう……」

宮野木はあの日のことを詳細に話して聞かせた。

「そうだったか。それを聞いて安心した。刑期を終えてそろそろ出所してくるだろうと思いながら、仕事が忙しくてどうにもならず、心配が募《つの》る一方で、ようやく時間が空いたので宮野木さんに尋ねてみようと電話をしたのだ。でも、よかった。ほっとしたよ」

「オヤジさんが立花さんにまで西城和馬のことをお願いしていたとは思いませんでした。

オヤジさんもよほどあの青年を気に入っていたのですね」

宮野木は探りを入れた。西城和馬と菅原志津馬との関係を、もしや立花が知っているのではないかと推測したのだ。

「心底、大事に思っていたみたいだね」

立花は迷うことなく答えた。

「大事に、というと……」

宮野木にも黒崎にもその意味がわからなかった。

「菅原さんはよく言っていた。あいつはおれよりも強情だって。例の殺人傷害事件にしても、本来なら過剰防衛で済んだ筈《はず》なのに、何しろ被告人自身が、殺してやろうと思ってドスを相手から奪い取って殺したと、最後まで主張したんだから、相当なもんだよ。弁護士も匙《さじ》を投げていたみたいだ。反省の気持ちを見せろといっても言うことを聞かず、奴を殺したことに反省の気持ちはないと、最後まで言い切っていたらしいから。菅原さんもその強情さには兜《かぶと》を脱《ぬ》いでいたからね」

「そうですか。そんな風には見えなかったですけど、それほど強情な男とは……」

宮野木はどことなく垢《あか》抜けしていない西城和馬の姿を思い出して、志津馬がどこにそんな強情さを見抜いたのかと想像した。館山の大郷親分も、ひと月ばかり彼を手元においていたが、和馬が強情そうな男というような感想は口にしなかった。大郷は和馬のことを、男気を隠し持っている男――と評していた。その男気というのが強情ということかもしれない。

「そういう男なので出所してくれれば、もしかしたら菅原志津馬殺しの犯人探しに手を出すんじゃないかと、それが心配で、宮野木さんに相談しておこうと思いたった」

「なるほど。お気持ちは良くわかります。オヤジさんのことを〝師匠〟と呼んでいるくらいですから、娑婆へ出たら、師匠の仇を取るくらいなことは考えているかもしれませんね。でも、今のところはそんな気配はありません。天人社の社員寮に住んでもらっているんですが、同じ寮に住む機転の利く女子社員を見張り役として貼り付けてありますので。今は報告によると、彼女探しに励んでいるようです」

「彼女探し、とは？」

「西城和馬が殺した連中に強姦されそうになっていた彼の恋人ですよ。彼が別荘に入って一年ほどは面会にも来ていたそうですけど、〝自分のためにこんなことになってごめんなさい、わたしは悪い女です〟という音信を最後に、どこかへ消えて、今は行方知れずで、必死に探しているということです」

すべて、西城和馬に密着している美里からの報告であった。

「十二年も昔の女に、いまだに惚れているということか」

立花は感慨深げに呟いて、

「やはり、菅原さんに似ているな」

と、付け加えた。

「と、言うと？」

宮野木にはその意味するところがわからなかった。オヤジが一人の女に拘泥《こうでい》するタイプとでも言うのだろうか？

「オヤジさんの初恋の女のことを、立花さんはご存知なんですね？」

黒崎は宮野木とは異なった感想を持ったようだった。

「ああ。菅原さんが酒に酔って話してくれたのを覚えている。高校時代の初恋の女が、大学へ入ったら一緒に暮らそうと約束していたにもかかわらず、東大に合格したガリ勉坊やとやっているのを見て、女の操《みさお》を信用できなくなったのが、おれの人生の始まりだと、いまだにそのときの怒り、絶望感が忘れられないような口調で語ったものだった。菅原志津馬の人生観には、そのときの女性に対する不信感、怒り、絶望感、そして何よりも女性に対する神秘感が、彼の胸の中に住み着いたんじゃないかね」

「聞いたことがあるような気がします。その初恋の女は結局は東大坊やに捨てられて、惨《みじ》めな女に成り下がったとか……」

「そういえばおれも聞いたな……。そう。オヤジさんはどでかい失恋から人生を出発したとか……」

「西城和馬の強姦されそうになった恋人も、もしかしたらそのことが元で不幸な生活に沈んでいるかもしれない。そうなると菅原志津馬と同じ道を歩き出すかもしれんよ」

「オヤジさんの望むところではないですね」

「そのとおり。眼を離さんでやってくれ」

「承知しました」

宮野木は畏《かしこ》まって頷いた。

「ところで、話は戻りますが、本当にオヤジさんの事件はまだ進展がないんですか？」

黒崎が話題を変えた。事件から早や十年、いまだに菅原志津馬殺人事件は解決していない。志津馬が惚れた相手は人妻で、その亭主が志津馬を暗殺したという図式が当初は有力視され、逮捕は間近と思われていたのに、亭主とその関係者が次々に容疑者に挙げられたにもかかわらず、誰一人決定的な証拠に乏しく、いまだに未解決事件のままだ。依然捜査は続けられ、立花がその主任を受け持っていることは宮野木も黒崎も知っているが、立花の定年が近づきつつあることも知っている。

「わたしの残り時間は、あと三ヵ月と二十五日。その間には必ず挙げてみせる。これはお二人に約束するよ」

立花は酒の勢いで、さっきまでの弱気を打ち消すように胸を張った。

「そうなったら、天人社挙げて定年祝いをど派手にやらせてもらいます」

宮野木が笑みをこぼして約束した。

4

「わたしたちの手にはもう負えないかもしれないわね」

冷めかけたコーヒーを啜って、美里は沈んだ声で呟いた。

この一ヵ月半の間高円寺界隈を必死に探しているうちに、和馬と美里の会話は他人行儀なものではなくなっていた。

高円寺駅前のこぢんまりとした喫茶ルームである。時刻は午後三時過ぎ。駅前の人通りもまばらで、喫茶ルームも客の姿はまばらである。一日で一番駅前の人通りが静かになる時間帯なのだろう。昨日もおとといも、夕方は人の姿で駅前広場が埋まっていた。今日も仕事は夕刻過ぎまで続くと思っていたのに、佐知子の足取りはぷつりと切れて、こんな時間に仕事が途切れてしまったのだった。

「二年前まではこの町にいたことは確かなんだがな……」

和馬もコーヒーカップに手を伸ばして呟いた。

「悪い男に引っかかった感じね」

美里が視線を落として呟いた。

「……」

和馬は答えようがなかった。

佐知子は東京へ出て渋谷の喫茶店で働いていたところまでは確実にわかっている。その喫茶店で、塚本信也《つかもとしんや》という若い男の客と親しくなったらしい。

塚本信也は見るからにダンディーボーイだが、司法試験合格を目指して浪人中とのことだった。喫茶店の仲間が知らぬうちに、佐知子は塚本と同棲《どうせい》していて、その喫茶店は一年ほどで辞め、新宿の喫茶店に移ったということだ。

和馬と美里は新宿のその店を探したが見つからず、高円寺へ足を延ばし、塚本信也という名前でアパートを借りている人物を探し始めた。この一ヵ月半、高円寺界隈の不動産屋をしらみつぶしに当たってみて、やっと十数軒目の不動産屋で塚本信也の名前を見つけた。確かに佐知子と思える女性と二人でその不動産屋を訪れたということだった。

しかしその不動産屋が斡旋《あっせん》したアパートから、二人の姿は消えていた。アパートの住人の話によると、環状七号線に近い一戸建ての家に引っ越したということだった。

だがその家は消えていた。三ヵ月前に家を取り壊したという。取り壊しまで留守番代わりに塚本夫婦に住んでもらっていたということだった。夫婦の女性のほうは、佐知子に間違いはなかった。

取り壊したその家からどこへ引っ越したのか、近所の人に聞いて回ったが、それを知るものはいなかった。この界隈、少なくとも高円寺にいるらしいことは確かというだけで、今日になっても、はっきりした所在地は不明のままだった。

もう探しようがなかった。

「専門家に頼んでみてはどうかしら」

「専門家？　人探しの専門家なんているのか？」

和馬はそんな職業があることなど知らなかった。

「勿論いるわよ。その代わりお金が掛かるかもしれない」

「金なんか幾らかかってもいいさ。頼んでみよう」

「待って。友達が知ってるかもしれない」

会社の友達が、信用できる尋ね人請負の事務所を知っているからといって、美里は携帯電話を取り出した。

それを待っていたように取り出した携帯電話が着信メロディーを奏《かな》で始めた。

「はい」

美里は慌てて着信ボタンを押して耳に当てた。その顔が緊張した。

「ハイ、ハイ、わかりました。すぐ参ります」

そう言って電話を切り、

「さっきの大家さん。奥さんが塚本の移転先を聞いてあったんですって。大家さんの家は環七の向こう側なの。行きましょう」

「ああ」

和馬も元気に答えて腰を上げた。

十分後、二人は環七の向こう側の古めかしい木造建築の二階家の玄関にたどり着いていた。玄関の格子戸の上には『斉藤《さいとう》』と彫り込まれた古びて変色した木製の表札が掛けられていた。

「ごめんください」

美里が玄関を開けると、すぐに初老の和服姿の女性が現れた。

「今、お電話いただいた者ですけど」

美里はさすがにオフィス・レディだけあって、こういうときの物腰が柔らかい。相手に好印象を与えるタイプだ。無愛想にしか応対できない和馬にとってはありがたい相棒である。

「主人から電話がありまして探しておりましたの。主人はすぐに忘れてしまいますので。これですわ」

上品な初老の女性はそう言って一枚の紙切れを差し出した。

ボールペンの走り書きで、同じ高円寺の住所とマンション名が記されていた。

「どうぞお持ちください。書き写したものですから」

「それでは貰ってまいります」

美里は丁重に礼を言って玄関を出た。その住所は環七の向こう側で、聞けばわかると教えてくれた。

サカエ・マンションというそれはすぐにわかった。環七から一本裏通りへ入った中ほどにある三階建てのこぢんまりとした白い外壁のマンションだった。マンションの入り口に郵便受けが並び、その一階の102号室の郵便受けの蓋《ふた》に、塚本信也と書かれた名札が差し込まれていた。佐知子の相手の男性の名前である。

二人は102号室の前に立った。ドアにも塚本信也とボールペンの太字で記された紙の表札が差し込まれていた。

美里がインターホンのボタンを押した。ドアの向こうでチャイムが鳴る音が微かに聞こえた。しかし応答はない。

留守なのか？　時刻は午後四時半。二人とも昼間の仕事に出ているとしたら、まだ帰宅する時間ではない。

不意に隣のドアが開いて買い物籠を下げた老人が出てきた。

「すいません。お隣の塚本さんはお出かけなのでしょうか？」

美里が訊いた。

「お昼過ぎに出かけたみたいですよ」

老人は気さくに答えた。

「お勤めでしょうか」

「さあ、新宿かどこかで、夜のお勤めをしているみたいですよ」

「お二人とも？」

「ええ。いつもは夕方、一緒に出かけていくみたいですから」

「新宿のどこにお勤めなのかは、わかりませんか？」

「さあ、そこまでは」

老人は笑顔で答えて出かけていった。

「どうする？　明日また来てみる？」

「そうだな。夜の商売となると、帰宅が何時になるかわからないだろうからな」

和馬は答えて踵《きびす》を返した。

マンションを出ると、和馬は自分でも驚くほどほっとした。探していた佐知子と十二年ぶりに会えるかもしれなかったのに、それが明日に延びたことでほっとするなんてどうかしていると、自分でも不思議な感じがするほど、胸を撫で下ろしていた。

佐知子と再会するのが怖いのだろうか？

佐知子が怖いのではなく、佐知子がもしかすると幸せな生活をしているのではないかという想像が和馬を恐れさせているのだろう。

あれから十二年。和馬は三十二歳だし、佐知子は三十一歳になっている。十二年という歳月は人をいかようにも変えるだけの余裕はある。変わらなくてはおかしいだけの時間の流れだ。相思相愛だった男女がまるで赤の他人のようになっていたっておかしくはない。

和馬の場合は閉ざされた世界にいたから心は変わらなかったが、佐知子の場合はそうではない。ましてや佐知子はあの事件によって、和馬に対して三行半《みくだりはん》を残したのだ。自分はもう以前の自分ではないと、和馬に対してはっきりと宣言している。それを和馬は無視して、まるで十二年間のブランクなどないかのごとき期待を胸に秘めて佐知子を追いかけている。

これは正しいことだろうか？

師匠、おれのやっていることは正しいのでしょうか？　男として、恥ずかしいことなんでしょうか？

和馬は我知らず、あの世の菅原志津馬に問いかけていた。

「どうしたの？」

美里が足取りの重そうな和馬を振り返った。

「ナイターでも見に行くか」

和馬は気分を変える口調で言った。トラックの運転手だった頃に憧れていた後楽園《こうらくえん》のナイター見物を思い出したのだ。

「急にどうしたの？」

美里は怪訝《けげん》そうに問うた。

「気分転換だ」

「気分転換？」

難しい言葉でも聞いたような顔で、美里は聞き返した。

「昔のことは忘れることにしたよ。娑婆に出てきたからには、前を向いて歩こう。そうじゃないとまた後戻りしてしまう。そうだろう?」

「やっと気がついてくれたの?」

「ああ。気分はさっぱりした」

「それじゃ、ナイターなんか厭《いや》よ」

「何がいい。映画でも見に行くか?」

「いや」

「何がいいんだ?」

「わたしを抱いて」

美里の腕が和馬の腕に巻きついてきた。強い力であった。

「急に、なんだ……」

和馬はうろたえた。美里が和馬の付き添いとして天人社から派遣されてきてそろそろ一カ月半になるが、その間、美里はそんな気配を微塵《みじん》も見せたことはない。二人の関係はあくまでも天人社の社員同士という域は出なかった。それが突然の変異だ。和馬がうろたえるのも無理はない。

「わたしはずっとあなたに興味を持っていたのよ。社長からあなたの話を聞いたときから、あなたは並みの男性じゃないと思ったわ。あなたは自分を人殺しと思っているかもしれないけれど、わたしはそうは思わない。あなたは正しいことを勇敢にやってのけた男よ。愛する女性を男の牙から命をかけて救うなんて、並の男にはできっこない。普通なら、すごすごと逃げ出すわ。でもあなたは違った。相手に立ち向かい、相手の手からドスを奪ってそのドスで相手を刺したんでしょう。そうしなければ佐知子さんは確実に強姦されていたんでしょ。それが悪いこと？　法律はあなたをそう裁いたけれど、わたしにはそれは男の名誉にしか思えない。本当よ。あなただってそう思って堂々と生きるべきだわ」

美里は頬を赤くして一気に思いのたけを吐き出した。和馬が殺人者と聞いて言葉を失ったことなど忘れ去っているようだった。

和馬はどう対処していいかわからなかった。美里の言葉が一言一句胸に突き刺さってきて、これまで経験したことのないような暖かさが胸奥に広がって、和馬の全身を刺激している感じだ。しかし美里は、最初、和馬が殺人者と聞いて、一時は腰が引けたではないか。その同じ人物が、こうも変わるのだろうか。

「おれは堂々と生きてないか？」

和馬は自問自答する口調で聞いた。

「してないわ。何かに遠慮している。あなたはもう囚人ではないのよ。堂々と大手を振って歩ける身なのよ。縮こまらないで」

叱るような口調だった。

「しかしきみは……」

後の言葉が続かなかった。

「堂々とわたしをどこかのホテルへ引っ張っていって。そしてわたしを裸にして」

「ば、馬鹿な。そんなことができるかよ」

「できるできないじゃないのよ。わたしがそうしてもらいたいのよ」

どういうことだ？

和馬はまたわからなくなった。

「こうするのよ」

美里はいきなり和馬の腕を摑むや、環七通りへ向かって歩き出した。

「ど、どこへ行くんだ」

「決まってるでしょ。ラブホテルよ」

「……!?」

和馬はもう抵抗しなかった。どうとでもなれ。なるようにしかならないだろう。

環七へ出ると、美里はタクシーを停め、和馬を先に後部シートに押し込むと、

「新宿のラブホテル。どこでもいいわ」

と、運転手の背中に言いつけた。タクシーは無言のまますぐにスタートした。

十数分後、和馬と美里は大久保《おおくぼ》あたりの小さなラブホテルの一室のベッドの上で、互いに上になりつ下になりつ、まるで格闘しているような格好で絡み合っていた。

二人とも吐く息は激しいが無言であった。時には声を出して呻《うめ》きあい、声を詰まらせあい、相手の肉を食い合うような激しさで、互いのものをむさぼりあっていた。

美里は二十七歳。これまでにも男の経験は豊富とはいえないまでも、それなりに経験をつんでいるが、和馬のほうは正真正銘、二人目の女である。それもこの十二年間は完全な童貞。セックスにしたって佐知子との幼いセックスを経験しただけで、テクニックなどはその入り口にさえ達していない。

それが美里という経験豊かな女性を相手のセックスだから、戸惑いや驚き、あるいは驚きを超えた神秘な経験にさえぶち当たって、一時怯《ひる》むことさえあった。そんなときは美里が優しくリードする。

美里は和馬の体のあらゆるところに唇を這わせ舌先を滑らせ、そして時には歯を立てた。これが肉食女子というのかと、和馬は驚きと、未知の快感に突き刺されて、自分があられもなく興奮していくのがわかった。

美里の肉食的なセックスにあおられて同じような肉食的セックスで応じ、それが一時間も続いたろうか、気が付くと窓の外は暗くなり、二人ともに汗まみれになっていた。

「お風呂で汗を流しましょう」

美里に促されてバスルームへ二人で入り、そこでも未経験なセックス遊びを一時間近くもして、最後には和馬もへとへとになり、それに比べて美里はまるで水を得た魚のように元気潑剌《はつらつ》として帰り支度《じたく》に掛かった。

「女というのは、セックスをするとみんな元気になるのか？」

その不思議さを、和馬は問いただした。

「体の中に溜まっていた物がすべて吐き出されたからよ。全身を覆っていた鉛の衣《ころも》がいっぺんに剝《は》がれ落ちたみたいなの」

「そんなに溜まっていたのか」

「五カ月ぶりくらいよ。あなたがすぐにでも襲い掛かってくるものと期待していたのに、指一本触れてくれなかったんですもの」

「おれに期待していたのか」

「ええ。十二年間も女なしで過ごしてきたお方ですもの、期待するのは当然でしょう」

「すると、おれはきみの期待を裏切ったということか」

「裏切られた。でも、なんだか嬉しくもあった。十二年間も女の肌を知らない人なのに、こんな紳士もいるんだって。男を見直しもしたわ」

「……」

和馬はどう応じてよいのかわからなかった。

「わたしがあなたのそばにいる限り、わたしはあなたのもの。そのつもりであなたのお世話を引き受けたんだから」

「すると、宮野木さんも黒崎さんもそう思っているんだ」

「いいえ。わたしは何度か宮野木社長から聞かれたけれど、これまでは首を振るだけだった。これからも黙っててもいいのよ」

「黙っている必要はない。事実を告げればいい」

「わたしの自由ということね」

「きみには結婚願望はないのか」

「ない。今のところはね」

「おれが殺人者だからか」

自己否定の質問ではなかった。

「いいえ。わたしにはまだ結婚したい、家庭を持ちたい、子供を産みたいという母親願望、主婦願望はないの。女としての自分が、母親でなく、純粋に女としてどのくらい通用するかそれを確かめたいの」

「随分難しい話だな」

「ふふふ、あなたを自由に操れたら合格だと密かに思っているの」

美里は悪戯《いたずら》っぽい微笑を浮かべて言った。

「そんな話を聞いて、おれが自由に操られると思うか」

「思わない」

「変な女だなあ、きみは」

和馬はそれが好意的な言葉として自分の耳には響いた。

四章　影

1

美里からの報告を受けて、宮野木は頰を緩めた。

「そうか、わかった。きみに預けておけば大丈夫というわたしの第六感が的中した。後はきみの気持ちしだいだ。ご苦労様」

そう伝えて電話を切った。美里がついに和馬と関係成立に及んだという報告であった。

佐伯美里は宮野木が見込んだ女である。頭脳明晰《めいせき》な上に男好きのする美女。それでいて軽薄なところがない。面接試験で最も宮野木の目にかなった女性であった。彼女は秘書課志望であったが、あえて宮野木は雑用係の庶務課へ配属した。いきなり秘書課へなど配属すれば、新人にして先輩社員を軽く追い抜きかねない。それは彼女にとっても会社にとっても得策ではない。少しばかり地味な庶務課で雑事をやらせるのも彼女にとっては鍛錬《たんれん》になるであろう。

すでに入社から五年が経つ。その間に美里は庶務課に入って来た後輩を見事に指導している。本人は庶務課に満足しているわけはないのに、庶務課員としての務めを果たしている。相当な器である。一気に社長室秘書に抜擢《ばってき》してみるか——そう思っていたところへ、西城和馬が現れたのだった。

宮野木は即座に和馬の世話役として迷いなく美里に白羽の矢を立てた。

西城和馬が宮野木や黒崎にとってどれほど重大な客であるかを、宮野木は美里に詳しく話してやった。無論、殺人傷害罪で十二年の刑を受けて出所してきた経緯だけは秘していた。はなから拒絶されるのを避けたのだ。

「一つだけお聞きしておきますが、万一、お互いにその気になったら……つまり男と女の関係のことですが」

美里は恥じる気配もなく質問した。

「それはきみの決めることだ。ただし、わたしとしてはそうなることを願っている」

美里もそのことには気づいているに違いないと思いながら宮野木は厳粛《げんしゅく》な口調で言った。

「承知いたしました。逐一、ご報告いたします」

美里は何のためらいもなくそう言って宮野木の無理難題を引き受けたのだった。

並の女性ではない――。

その勘が的中して、宮野木はほくそ笑んだ。これで西城和馬は美里に任せておけばよい。肩の荷が下りたような気がした。

宮野木はすぐに黒崎にも報告した。

「ほう、あの二人、できたか。いいカップルになるかもしれないね」

黒崎のほうはのんびりとしていた。元々男と女の関係に興味がある男ではない。

「佐伯美里の大手柄だ。今に天人社で何かやらせてくれと頼み込んでくるぞ」

「いや、それはないと思うけどね」

「なぜだ」

「あの男、オヤジさんより芯は強い。強情そうだ。サラリーマンが務まる器じゃなさそうですよ」

「まあ、見てろよ。佐伯美里の腕前を。平凡で腕のいいサラリーマンに変身させてくれるよ」

「美里くんが西城和馬の精液を全部抜き取るか。ははは」

あまり面白くないジョークを自分で言って笑った。

「!?」

笑い声を聞いたような気がして和馬は眼が覚めた。部屋は暗いがカーテンの隙間から強い日差しが漏れている。ベッドサイドの置時計を見ると、午前十一時になろうとしている。

美里の姿は消えていた。その代わりキッチンから何かを刻むリズミカルな包丁の音が聞こえてくる。ピアノのメロディーが聞こえてくるのは、美里のお気に入りのCDである。美里はクラシックが好きで、特にピアノ曲が気に入っているのか、ピアノのCDを百枚以上持っている。それとCDプレイヤーを持ち込んできて、食事の間もセックスの最中も部屋中に流している。

和馬はベッドの上から窓のカーテンに手を伸ばし、思い切り開いた。

隅田川の川面に反射した強烈な陽の光が眼を射た。眩《まぶ》しさのあまり、和馬は思わず手の甲で光の矢を防いだ。

糞《くそ》！

獰猛《どうもう》な憤《いきどお》りが和馬の喉の奥で爆発した。その憤りが眼を射た光に対して爆発したのか、それとも自分に向けられて爆発したものなのか、和馬にはわからなかった。

わからぬままそっと眼を庇《かば》った指の隙間から眩しい世界を見やった。ぎらぎらと太陽の光を反射させる川面の向こうに広がる見慣れた町並み。白い外壁をぎらぎらと光らせて眼を射るビルの壁。ぎっしりと詰まった建物の羅列。その上に広がる青空。

その明るすぎる世界が和馬をせせら笑っているような気がする。毎日、こんな時刻に起き出して、お日様を眩しげに仰ぎ見るのがおまえの人生なのか。菅原志津馬の弟子が、聞いて呆れるぜ！

和馬を罵倒《ばとう》する声さえ、強い日差しの向こうから聞こえてくる気がする。教えてやろう。それを女に溺れる、あるいは、女体に溺れるというんだ！

「あら、起きてたの？」

いきなり背後から声をかけられた。白いエプロンをかけた美里がドアを開けて顔を出していた。

「ご飯、できてるわよ」

いつに変わらぬ魅力的な笑顔だ。

「ああ」

和馬は生返事をかえした。

「わたし、出かけますから。帰りは夕方になると思う」

「ああ」

美里は会社へ行く日だった。週に一度は出社している。おそらく和馬の日常を報告に行くのだろう。

和馬はベッドからのろのろと抜け出して洗面所へ行き、のろのろと歯磨きをし、

「行ってきます」

という美里の声を背中で聞き、洗顔を済ませると用意されたダイニングテーブルに着いた。テレビが十二時の時報を打った。

食事を済ませると、和馬はジーンズ姿でマンションを出て、当てもなく歩いた。

気がつくと、清澄通りを北上し、相生橋《あいおいばし》に差し掛かっていた。その道をまっすぐ進めば両国《りょうごく》に出る。その手前の京葉道路を右折すればすぐ先は錦糸町だ。

そこへ自然に足が向いたということだ。逆らう理由はない。錦糸町へ向かって歩く和馬の顔は、にこやかな罪のない笑顔に変わっていた。

錦糸町の駅前が近づいてきた。和馬の目には今現在の錦糸町の駅前の光景と同時に、十二年前の駅前の光景がダブって映っている。懐かしさが蘇り、十二年前の自分に戻っている気分だ。

十二年前、彼は幸福の絶頂にいた。大型トラックの運転手になり、恋人もできた。来年には正式に結婚式を挙げて、幸せな家庭を持ち、和馬はひたすら日本一の運転手を目指

す。

　子供は二人もうけて、子供が小学生になる前に、自分の家を持ち、いずれは自分の車を持ち、自分で運送会社を経営する——佐知子とそんなことを話し合ったこともあった。

　その記憶が今、はっきりと蘇っている。

　和馬の足は猿江公園へ向かっていた。それが現在なのか十二年前か自分でもわからなくなっている。過去と現在が混ざり合ってしまっているらしい。

　松の木に上空を覆われた小道に差し掛かると、思い出の場所の近くに派手派手しい女が立ち塞がっていた。薄いブルーのサングラスをかけて、濃い口紅を塗り、黄色い袖なしのワンピースに黒いベルト。

　和馬が無視して通り過ぎると、

「和馬……」

　掠《かす》れたような声をかけてきた。

　和馬は振り返らなかった。

「和馬でしょ？」

　再度、声が掛かった。

　和馬は自分のことと気がついて振り返った。

「おれのことですか？」

「わたしよ」

派手派手しい女はサングラスを外して素顔を見せた。

「どなたですか？」

見覚えのない濃い化粧の顔だった。

「わたしよ。佐知子よ」

女が迫ってきた。

「佐知子？」

女の顔と佐知子という名前が合致しなかった。

「忘れたの？　佐知子よ」

「佐知子なら覚えていますが……」

佐知子といわれても何の感動も湧いてこない。佐知子の名をかたる偽物だろうか？

「その佐知子よ。やはり娑婆に帰っていたのね」

「冗談は止めてください。失礼」

和馬は相手にしなかった。佐知子なら、〝娑婆〟などという言葉を使うはずがない。この薄気味悪い女、おれをからかっていやがる――そう思って和馬は背を向けて歩き出した。

目の前の光景が十二年前の姿に戻っていた。菅原志津馬まで現れて、足は荒川方向へ向かっていた。新大橋通りをまっすぐ歩んで小一時間、和馬は荒川土手に立っていた。

「思い出した？」

不意に背中に声が掛かって、振り向くと、さっきの女が立っていた。

「まだついてくるんですか。亡霊みたいだな」

和馬はいささかうんざりした声で応じた。

「思い出さないなら、思い出させてやるわ」

女はサングラスの下の目をカッと見開いて、和馬の腕に自分の腕を巻きつけてきた。

「止めてください。恋人同士じゃないんだから」

「十二年前は恋人同士よ」

「それは佐知子というおれの恋人のことだ。あなたは他人です」

あれから十二年経った今、こんな女の戯言《ざれごと》が流行っているのだろうか？　和馬は本気で考えた。

「わたしのこと、探してたんでしょう？　高円寺の、前にいたアパートの大家さんに聞いたわよ。綺麗な女性と一緒にわたしのことを探していたって。その若い女性って、今日は一緒じゃないの？　わたしに会わせて。和馬はわたしのものよ。誰にもあげない。その女に断固、抗議してやるわ」

「いい加減にしてくれ。たしかにおれは佐知子を探していた。しかしあなたを探していたわけではない。おれが探していた佐知子は、十二年前の佐知子だ。佐知子とはたしかに猿江公園でよくデートした。そして菅原志津馬という素晴らしい友人にここへつれてきてもらい、川辺に座っていろいろな話を聞かせてもらった。それはおれにとっても、佐知子にとっても、大事な大事な思い出なんだ。その思い出に誘われてやってきたのだ。邪魔はしないでくれ」

「和馬、あなたは十二年間のムショ暮らしで頭がおかしくなってしまったのね。このわたしがわからないなんて。可哀相に」

「あなたは佐知子ではない。佐知子はおれのことを、和馬などとは呼ばなかった。和馬さんと、必ず、さん付けで呼んでいた。それにムショ暮らしだなんて、そんな言葉は知らなかった。彼女は純情な世間知らずの可愛らしい女の子だったよ」

「……」

「ついてこないでくれ」

和馬は河口の方向へ歩き出した。女の足音はついて来なかった。

佐知子、きみの化け物が出たぞ。追い払ってやった。きみとはもう会えないだろうが、幸せを祈る。おれはきみがいなくてもどうにか生きていける。おれも男だからね。

でも時々、きみのことを思い出すんだ。すると自然に足が錦糸町へ向かい、猿江公園へ行き、そして荒川土手へ来ている。すると不思議に師匠もきみもおれの目の前に現れるんだ。そして寂しさを癒《いや》してくれる。

ほら、師匠が現れたぞ。

和馬は誘われるように土手下へ降りて行き、川辺のコンクリート敷きの上に腰を下ろした。

「いい天気ですね、師匠」

「佐知子ちゃんに会ったんじゃないのか」

「佐知子と名乗っているけど、あれは偽物です」

「そうか。おれの目には本物に見えたけどな」

「佐知子はあんな下品な言葉使いはしませんし、着ている物から何まで下品そのものです」

「佐知子ちゃんも苦労したのだろう。人間苦労すると、上品ではいられなくなるんだ」

「佐知子はそんな女ではありません。どんなに苦労したって、佐知子は汚れるような女じゃありません」

「おまえの強情は相変わらずだなあ」

それだけ言うと、師匠の姿は川面の空気に吸い込まれるように消えた。

「そうか。師匠の幽霊だったのか。おれのことが心配になってあの世からわざわざ下りてきてくれたんだな」

和馬は上空を見上げた。抜けるような青さがどこまでも広がって、見上げているだけで本当に吸い込まれそうな気分になる。

和馬はごろりとそこに横になった。両の手を頭の後ろに組み合わせて、青空を眺めた。美里のことも偽物の佐知子のことも、そして宮野木や黒崎のことさえ忘れて、これからの自分のことを考えた。

何のために十二年間、旅に出ていたのか？

罪を償《つぐな》うためなどでは決してない。あんな男のために旅に出ることを甘んじたわけではない。あんな男は殺されるに値する。あれは当然の死だ。したがって爪の垢ほどの後悔や悔悟《かいご》の気持ちは生まれなかった。むしろ誇らしい気持ちが先立った。少なくとも佐知子という恋人を救ったのだという誇りである。

それが間違いとでも言うのだろうか？

絶対に間違いなどではない。

そうでしょう、師匠！

師匠が消えていった川面に向かって、和馬は叫んだ。

答えが返って来るはずもない。川面を渡る風の音だけが耳たぶを掠める。

和馬はごろりと寝転んで抜けるような青空を見つめているうちに、その深いブルーの中に吸いこまれてしまったらしい。

佐知子だけではなく、死んだ両親、運送会社の同僚やでっぷりと太った社長、それに旅先の悪やチンピラ、さまざまな顔が現れては消えた。

よう、和馬じゃないか。元気か？

ほう、珍しい。和馬か。どうした、しけた顔して。

和馬か？　何しに来たんだ？

和馬を見かけて、いろいろな男どもが声をかけてきた。

「おい、起きな」

聞き覚えのない声とともに、和馬は横っ腹を蹴られた。

「？」

乱暴な奴がいるものだ。誰だ？

和馬は目を開けた。黒いスーツの男が二人の男を左右に従えて、ポケットに手を突っ込んだまま、靴先で和馬の横っ腹を蹴っている。こんな乱暴な男が知り合いにいたかな？　首をかしげて記憶をたどっていると、

「聞こえねえのかい？」

今度は靴先が和馬の頬に飛んできた。よけ切れなかった。

「痛いじゃないか」

さすがに和馬は腹を立てて上半身を起こした。

和馬を蹴飛ばした色黒の頬のこけた中年男が、細い眼をさらに細めて和馬の顔を覗き込んだ。

「西城和馬だな」

和馬はこれが夢や妄想ではなく現実だとようやく悟って、起き上がった。ちょっと横になっただけだと思っていたのに、そろそろ太陽が西の果てに落ち込もうとしている。まさしく夕方になっている。

「お宅は？」

「いいから答えろ。西城和馬だな」

「人の名前を聞く前に自分の名前を言ってくれ」

「痛い目に遭いたいらしい」

男は細い目を左側に突っ立った茶髪の若い衆に向けた。次の瞬間、茶髪の顔が歪んで、鋭いパンチが和馬の頬に命中した。和馬は思わずよろけた。唇が切れて血が掌に滴《したた》った。

「乱暴は止めろ」

「もう一度聞く。西城和馬だな」

「あんたの名は？」

和馬は恐れる風もなく聞き返した。

「野郎、ふざけやがって！」

茶髪が喚《わめ》いたかと思うと、再度構えた。

今度は和馬も黙ってはいなかった。飛んできたパンチを左の掌で受け止め、それを握りつぶした。

「いてててて！」

茶髪が悲鳴を上げた。

「野郎、ふざけやがって！」

右側の丸顔男が懐からドスを抜き払って構えた。

その瞬間、和馬のキックが丸顔の顔面めがけて唸りをあげた。靴先に手ごたえがあった。

「げっ！」

と喉を鳴らして丸顔は尻から落ちて鼻血を吹き上げた。

「野郎！」

丸顔はそれでも起き上がり、怖い顔を和馬に向けた。

「止めとけ。どうやらおまえたちの手に負える相手ではなさそうだ。こいつを使わせてもらうぜ」

細目の男がスーツの胸に手を入れて、取り出したのは拳銃だった。よく手入れが行き届いていると見えて、夕闇の中でも恐ろしく黒光りしていた。偽物などではなさそうだった。

「こいつにはかなうまい」

細目がいっそう眼を細めてにやりと笑った。

「おれは人殺しで十二年ムショ暮らしをしていた男だ。人を殺したのだから殺されるのは平気だ。それが人生というものだからな。さあ、遠慮なく殺してくれ。しかしあんたには殺しはできない。殺しはよくて十年、悪くすれば死刑だ。死刑なら楽だがムショ暮らしは大変だぜ。さ、早いところやってくれ。おれにどんな怨《うら》みがあるのか知らないが、おれを楽にしてくれるなら感謝するぜ」

そう言いながら和馬は男を川べりに追い詰めていた。

「ま、ま、待て。なにも、あんたを、こ、殺しに、来たんじゃねえ。た、ただ、話を、聞きに来たんだ」

「話？　何の話だ。おれは何も話すことなんかないぜ」

「石岡《いしおか》のことだ」

「石岡？　だれだい、そいつは」

「あ、あんたが、殺した、相手だ」

男はいくらか震えながら言った。手にしたチャカはもはや戦力が萎《な》えたように銃口を下に向けていた。

「ああ、あの野郎か。そうだったな。石岡とか言ったよな」

その名前を完璧に忘れていたことに、和馬はなぜかすがすがしさを覚えた。

「石岡の身内がおれに話でもあるというのか」

「兄貴が、挨拶してえと言ってるんだ」

「挨拶だと？　おれに礼をしたいわけか」

和馬は口元で笑った。お礼参りのことはムショの中で聞いたことがある。前科三犯という極道が得意げに話すのを、何度か聞いたことがある。娑婆へ戻って最初のお迎えはお礼参りだという。それを恐れていては極道はやっていられない。恐れたら最後だと思え。恐れたら確実にお礼参りの餌食《えじき》になる。恐れが一番の敵。恐れなければ相手も遣《や》り甲斐《がい》をなくしてドスを下ろす、と。この話は師匠の話と合致する。喧嘩は恐れたら負け。詫びるとしても恐れずに堂々と詫びろ、と。

「一緒に来てくれるかい」

細目はいくらか落ち着いたのか親しげな言葉で言った。

「どこまで行くんだ」

「住吉《すみよし》の近くだ」

「おれのこと、よくわかったな」

「あんたのこと、覚えていた人間がいるんだ。そいつがあんたを見かけて石岡の弟に知らせてきたのさ」

「そうか、あの野郎に弟がいたのか。そういえば、裁判のとき見かけたような気がする」

「裁判には毎日行ったさ」

「!?」

まるで自分のことのような言い方に、和馬はさすがにギョッとした。

「弟って、あんたか？」

「あ、ああ」

細目が声を詰まらせるような返事をした。

「こいつは驚きだ。ははは、あんたが弟か。仇《かたき》をとりたければ、取ればいいじゃないか。遠慮はいらないぜ。チャカならばおれも楽に死ねる。遠慮するなよ」

「土下座して謝れば許してやるぜ」

「謝る気など微塵《みじん》もない。謝るならばとっくに謝っている。言っておくが、おれは謝るつもりもないし、後悔もしていない。それが気に食わないならさっさと殺せ」

「……」

細目はたじろいだ。

「兄貴、兄貴ができねえならおれがやりますぜ」

和馬にパンチを握りつぶされた男が、細目に向かって手を差し出した。チャカをよこせといっているのだ。

「兄貴」

男が催促した。

「止めておけ」

川べりの雑草の陰から重々しい声がして、黒いサングラスをかけた黒スーツの男が現れた。絵に描いたような極道だった。

「おまえらの手に負えるお方じゃない」

短く刈り上げた髪に白いものが混じっている。

「でも、専務……」

和馬にパンチを握りつぶされた男はよほど和馬に敵意を感じたのか、専務に懇願した。

「うるせい！」

専務の腕が逆手に払われた。

バシッ！

男の横面が破裂音を発して、水際まで吹っ飛んだ。

「お見苦しいものをお見せして申し訳ございません。あっちの野郎は石岡達夫《たつお》の実の弟でして、西城さんのお名前を聞いて、頭に血が上っちまったのでしょう。社のほうへお連れするように申し付けたのですが、馬鹿な考えを起こしやがって……お恥ずかしいしだいです」

男は折り目正しく腰を折った。

「失礼ですが、どちら様ですか」

素人でないことはわかるが、錦糸町にまだ極道の組織が残っているのだろうか。十二年前までは〝錦星会《きんせい》〟という組織があった。

「失礼しました。こういうものです。お見知りおきを」

男はスーツの内ポケットから名刺入れを取り出し、和紙製の名刺を取り出した。

関東牧神会《ぼくしん》江東《こうとう》支部・専務取締役
雨宮才蔵《あまみやさいぞう》
毛筆文字でそう刷られていた。

牧神会などという組織は聞いたこともなかった。どのみち極道組織には違いないだろうが、十二年前の思い出に近づけるかもしれない。

「それで、おれにどんなご用でしょうか」

和馬は落ち着いていた。十二年という旅の歳月が、この落ち着きを和馬の中に植えつけていたと思うと、長旅も無駄ではなかったと思えた。

「会長がぜひ、お目にかかってお話ししたいことがあると申して、お近づきになる機会を待っておりました。幾度か、お目にかかってはいるのですが、長旅からお帰りになって何かとお忙しいだろうと思いまして、機会を窺っておりました。今日もたまたま社員の一人が猿江公園でお見かけしたと報告してまいりましたので、この連中がお出迎えに行くと申しまして。くれぐれも失礼のないようにと申し付けておったのですが、まったく失礼をいたし、申し訳ございません。わたくしは勿論のこと、会長、その他、役員の者たちは、ぜひとも西城さんにお目にかかりたいと懇願しております。ご同行願えませんか」

男の低い声は、不気味でもあったが、しかし疑うべき怪しさはなかった。

「わかりました。参りましょう」

和馬は素直に頷いた。

2

大島小松川公園を降りたところに黒いベンツが待っていた。雨宮と和馬が乗り込むとベンツはすぐにスタートして、およそ十分後に、四ツ目通りを突っ切った住吉辺りに停まった。

「どうぞ。ここが関東牧神会江東支部の事務所です」

歩道に面したガラスのドアを押して、雨宮が腰を折った。

ドアを潜るとエレベーターがあり、エレベーターに乗り込むと七階に止まった。

エレベーターを降りた真正面に、金文字の看板がかけられていた。

《関東牧神会江東支部》

「どうぞ」

看板の脇のガラス窓のついたドアを雨宮が開けてくれた。まるでビップ扱いだ。

かなり広いオフィスだった。十人近い男女がデスクに向かって事務を執《と》り、あるいは電話をかけたりしてかなり活気が漲《みなぎ》っている。

その奥にドアが見え、雨宮はそのドアへ和馬を案内した。

そこが会長室だった。

新大橋通りに面した窓辺の大きなデスクに向かって、白髪の血色のいい男が腰を据え、スタンドの明るい照明を受けてパソコンに向かっていた。

「西城さんをお連れいたしました」

雨宮が告げると、

「おお、来なさったか」

会長は大げさな声を発して腰を上げ、デスクの後ろを回って窓辺の応接テーブルのほうへ出てきた。

「石岡がとんだ失礼をいたしました。きつく叱っておきました」

雨宮が和馬に対する石岡の行為を報告した。

「あいつ、やりやがったか」

会長は苦い顔を見せたが、

「まことに申し訳ない。よくよく言い聞かせておったのですが、まだわからんと見える。お恥ずかしいしだいです」

和馬に向かって深々と頭を下げた。

「おれにどのようなご用でしょうか」

和馬は二人の男に対して警戒した。佐知子を強姦しようとし、和馬に殺害されたチンピラを抱えていたらしい組織の頭らしき男に、胸襟《きょうきん》を開けるはずもない。

「ま、どうぞ、お座りください」

会長が窓辺の応接セットに和馬をいざない、向かい合って腰を沈めた。

「雨宮からお聞きかもしれませんが、わしはこの牧神会江東支部の千堂《せんどう》と申すものです」

千堂会長は名刺を和馬の前に滑らせた。

ドアの外へコーヒーを運ぶように言いつけた雨宮が応接セットに戻ってきた。

「西城和馬です」

和馬は美里から受け取っていた会社の名刺を取り出して会長に差し出した。

「やはり天人社の社員になられましたか」

千堂会長は和馬の名刺を手に取り、頬を綻《ほころ》ばせた。

名刺の和馬の肩書きには〝社長秘書課所属〟と記されていた。無論、肩書きだけの役職である。

「形だけの社員です」

和馬はいくらか顔を和らげた。

「今は準備期間というわけですね。その後は、やはり大型トラックの運転手ですか？」

千堂会長の目は鋭いが、微笑を絶やさない。宮野木や黒崎と違って、微笑の陰にも鋭さが隠されている。旅先にもこの種の微笑を面上に浮かべる男が何人かいた。殺人傷害に奇妙な愛着心を持つ凶悪犯だ。大人しそうな顔をしていても、眼の輝きが異様に鋭い。

大人しそうでも眼が異様に輝いている男には充分注意してください、怖いですからね
——渚組の河合辰夫もそう教えてくれた。

「トラックの運転手は、たしかにおれの夢でした。しかし今は、別の何かを探しております」

和馬は早くここから逃れたいという思いに駆られていた。なんとなく息苦しい。

「別の何かと仰ると？」

「わかりません。わかっていればとっくにその職に就いております」

「ははは、それはそうだね」

千堂は一人でおかしそうに笑い、そこへ湯気を立ち上らせるコーヒーが運ばれてきた。

「錦糸町に腰を落ち着かせませんか」

千堂はコーヒーを一口啜って唐突に言った。その声はがらりと変わっていた。いかにも親しげであった。

「西城さんにとって錦糸町は記憶から削り落としたいような、疫病神《やくびょうがみ》みたいなところかもしれませんけど、それを乗り越えるためにもこの町に落ち着いてみませんか」

和馬の腹の底を仔細《しさい》に覗き込んだような、口調だった。和馬の錦糸町という町に対する懐かしさと同時に忘れてしまいたい嫌悪感の両方を、この海千山千のような男は知っているのだろうか？

「今は月島の天人社の寮に厄介になっています。非常に住み心地がよくて、移動するつもりはありません」

和馬は素っ気なく突っぱねた。

「住まいのことではありません。ウチの関東牧神会の仕事をお手伝いしてもらえんかなと思いましてね。それで突然ですが、こんな形でお出で願ったわけです」

「お断りします」

和馬はきっぱりと答えた。

「わたしの師匠にきつく言われていました。決して極道の世界だけには足を踏み入れるなと」

菅原志津馬の言葉は今も耳底にこびりついている。

「菅原志津馬さんか……」

千堂はいかにも懐かしそうに師匠の名を口にし、

「もう亡くなられてちょうど十年ですか。早いものだ。あの人の言葉には間違いがない。たしかに極道の道などには踏み込まんほうがよい。しかし西城さん、牧神会は極道とは関係ない。わたしも雨宮も一昔前まではたしかに錦糸町界隈を牛耳《ぎゅうじ》っておりましたが、今は人様のために仕事をしております。牧神とは、半分が人で半分が獣の、半人半獣の神様だそうです。数年前に関東一円の極道が一堂に会して、ない知恵を振り絞って考え出した慈善事業のようなものです。わしらはどう見ても極道面です。こんな面で善導を施《ほどこ》したって相手にしてくれない。そこで考え出された、半分が人間で、半分は獣ですよという会です。わしらはこの名前が気に入っております。やっていることは今も話したとおり、正真正銘の人助けです。困っている人を助けるのです。警察でも助けられない人を半人半獣のわれわれが助けるのです。どうです、興味ありませんか？」

千堂が自信ありげに和馬の顔を見据えた。

「具体的にどんな仕事をするのですか？」

話自体は面白かった。和馬は素直に興味を顔に出した。

「債権回収業者に脅迫されて泣きを入れてる債務者を救ったり、女に騙《だま》されて金をむしりとられて泣きを見ている男性を助けたり、あるいはその逆に、男から金をむしりとられて困っている女を助けたり、要するに警察や弁護士では解決できない事件を扱っているわけです。これが案外忙しくてね。人手が足りなくて困っているのです」

「無論、合法的な仕事です」

雨宮が付け加えた。

「正直に言って、面白そうですね」

和馬は千堂や雨宮の話の真偽はともかく、牧神会に興味を抱いた。それを正直に口にした。

「今も、男の問題で、警察にも行けず、困り抜いてうちに相談に来ている女性がいるのです。西城さんなら必ず解決できる懸案だと思います。早速、会ってやってください」

千堂会長はそう言うや、雨宮を促した。

「そんな急に言われても、困りますよ」

和馬は慌てた。それより先に雨宮がドアを開け、一人の女性を後に従えて戻ってきた。

「!?」

その女性の姿を一目見て、和馬は思わずソファから腰を上げた。

「きみは……!」

昼間、猿江公園で、佐知子の名前をかたって和馬に話しかけてきた、あの派手派手の女であった。

「おそらくご存知だろうと思いますが、赤木佐知子さんです。話だけでも聞いてやってください」

千堂はそう言い残して、雨宮とともに部屋を出て行った。

3

「本当にきみは、佐知子なのか?」

閉じられたドアの前に硬直したようにうつむいている女に、和馬は言葉をかけた。

「いいえ」

女は激しく首を振って、

「昔の佐知子は死にました。ここにいるのは生まれ変わった佐知子よ」

女は吐き捨てるように言った。

なぜか和馬は体が芯から震えた。寒くもないのに背骨が音を立てて震え上がっている。

「それなら、こっちへ来て座れよ」

辛うじて声の震えを抑えて招いた。

佐知子は無言で近づき、和馬と向かい合った場所に腰を浅く下ろした。

「そうか、おまえも苦労したんだな」

声に震えが出ないようにと、一度咳払いをしておいて和馬は話しかけた。

「へんな言い方しないで。同情されるために来たんじゃないわ」

今にも泣き出しそうな声だった。

「昼間は、申し訳ないことをした。謝る。まさか本物の佐知子とは夢にも思わなかったんだ」

「いいわよ。男はみんなそう。女はいつまでも天使だと思ってるのよ。女には苦労なんかないとでも思ってるのよ。冗談じゃないわ。女は男よりも弱いのよ」

吐き捨てるような言葉であった。わたしが悪いのよといって和馬の前から姿を消していった頃の佐知子とは別人と言っていい。

「聞かせてくれ。どんな厄介にぶつかってるのだ。おれにできることならなんでもやるぜ」

和馬は感情を消して告げた。

「他人として聞いてくれる?」

「ああ、勿論だ。ここにいるのは元和馬だと思ってくれ」

「それじゃわたしも、元佐知子として最初から話すわ」

佐知子は冷静さを取り戻して、頰に笑みさえ浮かべて言った。

「聞こう」

和馬はさっきまで震えていた背骨がしゃっきりと姿勢を正した気がした。

「和馬とあんな形で別れて故郷へ帰ったけれど、わたしはとっくに都会の空気に汚染されていたのね。弘前の片隅でなんかとても息苦しくて生きていけなかった……」

佐知子の話は大筋、次のようなものだった。

生まれ故郷の暮らしは、錦糸町の喫茶店に勤めて客たちにちやほやされた生活と比べると、佐知子にとってはまるで地獄だった。スーパーマーケットを営《いとな》む家は朝から仕入れや店の支度で忙しく、佐知子はこき使われた。

それでも三年間は我慢したが、ついに我慢も限界に達し、家出同然に仙台へ出た。東京へ帰りたかったが、交通費が足りなくて、仙台に就職している高校時代の友達を頼って新天地へやってきたのだった。

しかしそこでの暮らしもままならなかった。仙台の男たちはシビアな性格なのか、それとも田舎での三年間の生活で佐知子の魅力もうせたのか、一人として佐知子に関心を寄せる男は現れなかった。

そこで彼女は東京へ向かった。厭な思い出のある錦糸町は避けて、若い女の子が稼いでいるという新宿に根を下ろした。

やはり来てよかった。佐知子が飛び込んだキャバクラは当然のごとく売春が堂々と行われていて、無論佐知子にもその要求が来たが、その店にいると、売春が当然のことのように思えて、佐知子はすぐに溶け込んだ。

そして悪い男に巡り会ってしまった。それが塚本信也である。

塚本は司法試験を受けるために勉強している浪人者と言って、頭の疲れを癒すにはセックスが一番とか言いながら佐知子の下へ通っていたが、佐知子を独占したいと言い出し、佐知子がそばにいてくれれば確実に司法試験に合格できると言って、佐知子を泣き落とした。

佐知子は自分が借りた高円寺のマンションへ塚本を受け入れた。

しかし塚本は司法試験を受けるための勉強をしている様子はなく、それが嘘だとばれるまでにそう時間は掛からなかった。

「騙《だま》したのね！」

怒りがこみ上げた佐知子に、今度は暴力が返ってきた。

「うるせい！　おれをこんな男にしたのはおまえだ。どうしてくれるんだ！」

佐知子は気を失うまで暴力を受けた。

後は塚本が言うがままに佐知子は次々と勤め先を替え、身を粉《こ》にして働いた。月によっては百万以上も稼いだが、それはすべて塚本の遊ぶ金になって消えていった。

人にもいろいろ相談してみたが、塚本の周りには目に見えない組織みたいなものが控えているらしく、一度、佐知子の昔からのご贔屓《ひいき》の男が塚本に佐知子と別れるように忠告したところ、二日後には車にひき逃げされて死亡した。それ以来、佐知子は怖くて塚本に逆らえないでいるという。

「初恋の女が今はれっきとした売春婦。しかもくだらない男に引っかかってにっちもさっちもいかない体たらく。どんな気分？」

長い話が終わると、佐知子はケツをまくるような顔で和馬に聞いた。佐知子自身が塚本の汚れた暮らしに染まっている顔であった。

「止せ」

和馬は声を殺して静かに言った。

「そうよね。あなたは十二年のムショ暮らしで、すっかり綺麗になって戻ってきたんですものね。ムショほど綺麗なところはないって、塚本がよく言っていたわ。塚本を見ている限り、とてもそうは思えなかったけど」

佐知子の片頬には微笑さえ浮かんでいた。

「刑務所なんて何も教えてくれない。おれに人生を教えてくれたのは菅原の師匠だ。おまえだって師匠の話は聞いていたはずだ」

あれほど可愛がられた師匠のことを忘れているらしい佐知子に、和馬は少しばかり腹を立てていた。

「あれは男の哲学だわ。女には通用しないわよ」

哲学などという難しい言葉を持ち出して、佐知子は和馬を煙に巻いた。

「おれには通用している。おまえが塚本の手から逃れたいというなら手を貸そう。師匠なら塚本のような男をどうするか、おれにはわかっている」

「塚本は目に見えない組織に庇護《ひご》されてるのよ」

「そんなことはわかっている。それよりもおれが知りたいのは、塚本の手から解放されたら、おまえは元の赤木佐知子に戻れるかということだ」

「戻れるわけないわ。それとも戻ったらわたしのところへ来てくれる？」

「いや」

和馬はゆっくりと首を振った。

「それでさっぱりしたわ。あなたのところには戻らなくても、わたしは生まれ変われそう」

「おれもそう思う。おまえならやり直せる」

「決まった。あなたにお願いするわ」

二人のやり取りをどこかで聞いていたのか、タイミングよくドアが開いて、雨宮が入ってきた。

「決まりましたか」

「ええ。西城さんなら信用できそうだわ」

佐知子がさっぱりした声で答えた。

「それではどうぞこちらへ。書類にサインをお願いします」

「こちらへ伺ってよかったですわ」

佐知子はそう言ってちらりと和馬に目を流し、雨宮とともに部屋を出て行った。

4

関東牧神会のビルを後にしたのは、午後九時を過ぎた頃だった。雨宮が車で送るといったのを和馬は謝辞して歩いて月島へ向かった。このあたりの地理は記憶に刻み込まれて、夜でも迷うことはない。

月島まで一時間以上はかかった。

「どこへ行っていたの？」

マンションへ帰り着くと、美里が今にも泣き出しそうな顔でしがみついてきた。

「何度も電話したのよ」

「電源を切っておいたんだ。すまん」

昼間、マンションを出てすぐ、携帯電話などに散歩を邪魔されたくないと思い、電源を切ったまま忘れていた。

「十時までに帰ってこなかったら社長に報告しなければと思って生きた心地がしなかったんだから」

「申し訳ない。いろいろあってね」

「何があったの？　面倒なこと？」

「いや。働き口が見つかったんだ」

「え？　どんな働き口？」

「その前に飯だ。腹が減った」

雨宮が食事をしていけと勧めたが、それを断って家路に就いたのだった。

美里は自分も食事をしないで和馬の帰りを待っていたらしく、和馬とテーブルに向かい合って食事をしながら和馬の話に耳を傾けた。無論、男に食い物にされている女が、かつての和馬の恋人だったという肝心のところは削除して話した。

「そんな仕事、宮野木社長が許すかしら」

美里は不安を感じたようだった。

「明日、直接おれの口から報告する。許してくれなくても、おれはやる」

和馬はそう言って決断の強さを美里に見せた。

その夜、ベッドへ入るとどちらからともなく、互いを求め合った。和馬は美里の滑らかな肉体を撫でながら、男の性《さが》のようなものに気がついた。もし和馬が美里という女とこういう関係にならなかったとしたら、佐知子と再会して、あれほど突き放せただろうか？　美里というセックスの相手がいたからこそ、師匠の言葉まで持ち出して、説教くさいことを口にして、突っぱねたのではないだろうか？

美里の柔らかな肉体の中に埋没しながら、和馬は真剣に考えた。二十歳のとき、初めて味わった女体が佐知子であった。あのときの感動、感激は今でも忘れていない。その記憶だけが和馬を励まし、十二年間もの長旅を無事に終わらせてくれたのだ。

それなのに冷たくつっぱねた。

あの女が佐知子とわかった瞬間、佐知子の肉体が記憶の中に一瞬、蘇ったのは事実である。しかし次の瞬間、彼女がすでに昔の佐知子ではないことを認識し、和馬の神経は佐知子を拒んでいた。

美里の肉体を知っていたからだろうか？

それとも知らず知らずのうちに、美里に、かつて佐知子に注いだような愛情を抱いていたからだろうか？

そんなはずはない。美里に対して、佐知子と恋に落ちていた頃のような、切なくも甘い愛情などというものを感じたことなどない。

それでいて、今日見た佐知子には、十二年前の佐知子が持っていた清楚《せいそ》な感じはなかった。

それでは美里にはそれがあるとでも言うのか？

佐知子と美里のどこが違うと言うのだろうか？

「どうしたの？」

愛撫の途中、気がつくと、和馬は美里の両足の間に入って、目の前にある美里の薄いヘアに守られた女の入り口をじっと眺めていた。入り口が左右に割れて、ピンク色の肉が濡れ光っている。

「綺麗だよ」

思わず、いつもの言葉が和馬の口を突いて出ていた。佐知子に遭ったことは、口に出せなかった。

「嬉しいわ。早くあなたのものを入れて」

美里は尻をよじって促した。

和馬は美里の要求を無視して、もっと強烈な行為に出た。

「ああああ、和馬、いや、そんなところ、ああ、和馬、素敵よ、和馬、愛しているわ……」

美里の口からこれまで聞いたことのないような追い詰められた声がほとばしり出た。和馬は狂ったように美里の両足を前に折りたたみ、広げ、いつもの入り口よりも下のもう一つの穴に舌を突き入れ、唇で音を立ててその周辺を嘗《な》め回し、舌を這わせていた。佐知子とのセックスの記憶よりも激しいものを手に入れたかった。そうでもしなければ佐知子を拒んだ証《あかし》が立たないという気がしてならなかった。

翌日、和馬は朝飯を済ませると、丸の内の天人社へ向かった。普通のサラリーマンが出社する時刻であった。

受付に聞くと、宮野木社長はまだ出社していないとのことだった。それでも和馬の名前は受付にも通されているのか、社長室へ電話を入れて社長秘書の了解を取り、二十階の社長室に通された。顔見知りの秘書が迎えてくれた。

「ただいま、社長に電話をしましたところ、三十分でこちらに参るそうです。それまでお待ちくださいますか」

「ええ、待たせてもらいます」

社長室で二十階の高層ビルからの眺めを味わったり、新聞を見たりして過ごす気分は悪くなかった。皇居前の景色を窓から見下ろせる気分は悪くない。これも菅原志津馬師匠のお陰だと思うと、師匠がどれほどの幸運を和馬に与えてくれたか、改めて感謝の念が湧いてくる。

これから和馬が取り掛かろうとしている仕事も、師匠の教えが導いてくれたものだと確信できた。おそらく一文にもならない仕事であろう。報酬などは貰わないことに和馬は決めている。とにかく誰か、困っている人の役に立ちたい。弱いもののために力の限りを尽くしたい――。

「やあ、待たせたね」

機嫌のいい声とともに宮野木が部屋へ入ってきた。秘書嬢が宮野木のカバンを手にして後に続いた。

「早朝からお邪魔しております。お話があって」

「いつもは八時に出勤しているんだがね、今日は渋谷の支店に立ち寄ってきたんだ、待たせてすまん」

窓辺のソファに和馬を案内し、秘書にコーヒーを淹れるように言いつけた。

「佐伯君から報告は聞いている。元気そうで何よりだ」

「ようやく娑婆に慣れてきたようです。これもお気遣いの賜物《たまもの》と感謝しております」

「感謝などと大げさな。わたしも黒崎もオヤジさんの遺言を守っているだけだ。そろそろ天人社の社員として働いてみる気になってくれたらなおさら嬉しい」

最後は冗談風に言った。

「その件ですが、他にやってみたいことが見つかりまして、それをご報告に上がったのですが」

「ほう？　やってみたいことが見つかったか。どんな仕事かね？」

「人助けです」

「ほう？」

「関東牧神会というのをご存知ですか？」

「いや。なんだね、その関東ぼくしんかいというのは？」

「牧神というのはローマ神話、ギリシャ神話に出てくる、牧場の神、林野の神のことだそうです。つまり人助けをする会ということらしいのですが、警察や役所が手出しできない悪に悩まされている弱き者を助ける民間の、影の組織ということだそうです」

「よくはわからんが、そんな組織があるのかね」

「関東一円の伝統的な組織が社会のお役に立ちたいということで、立ち上げた組織だそうです。一種の社会奉仕です」

「組織？　親玉は誰だね？」

「千堂と申しております」

和馬は千堂から貰った名刺を差し出した。

「千堂正興《まさおき》じゃないか。オヤジさんを亡き者にしようと、二十九人もの手勢で襲ったときの一人だぞ」

宮野木は呻くように言った。

「やはりそうですか」

千堂に感じた和馬との薄い壁が最後まで二人の間にわだかまっていた違和感の謎が、和馬にはようやく解けた気がした。しかし、だからといって、佐知子との約束を破る気はなかった。

「やはりそうかって、きみはそれがわかっていて引き受けたのか？」

宮野木の表情が硬くなった。

「錦糸町の組織とわかったときからそれは予想していました。おれが殺した悪党の弟というのが、荒川べりでおれを襲ってきたくらいですから」

「なんだって？」

「その男が千堂さんのところの組員だったのです」

「それでもきみは平気なのか？」

宮野木は西城和馬という男が突然、わからなくなった。

「平気ではありません。ただ、そんなことで仕事を断るわけにはいかないと思ったので、引き受けたのです」

「引き受ける必要はない」

「いえ。これは師匠がくれた仕事だと思います」

和馬はきっぱりと答えた。

「どういうことだね？」

和馬の確信に満ちた返事に一瞬戸惑ったかのような問いかけであった。

「おれが殺した被害者の弟の復讐心の壁、そして師匠を敵視していた錦糸町の極道という壁、この二つの壁をおれが乗り越えられるかどうか、それを師匠は試しているのだと思います。仕事自体は弱き者のためという師匠の教えどおりのものです。おれはこの壁に恐れをなして引き下がるわけにはいきません」

「うぬ……」

宮野木は自分でも気づかぬほどの声で呻いた。

「牧神会だと？　……半神半獣の神がこの世に通用するはずがない」

独り言のような口調だった。

「通用させてみせます」

和馬は独り言のような宮野木の言葉にあえて答えた。

「通用などせん！」

宮野木は思わず怒鳴りつけていた。

その声の迫力に、和馬は思わず背筋を伸ばした。

「わかった。好きにするがいい。行きたまえ」

宮野木は自分の声の大きさに気がついて、和馬を追い払うように手を振った。

「では、失礼します」

和馬は一礼して部屋を出て行った。

ドアが閉まる音を背に聞いて、宮野木はデスクに近づき電話の受話器を取り上げ、短縮ボタンを押した。

「わたしだ。すぐ来てくれ。和馬を怒鳴りつけてしまった。追い返したのだ……」

宮野木は深刻な事態の始まりに、黒崎の助けが必要だと本能的に感じていた。

五章　己《おのれ》の血

1

関東牧神会の事務所へ行くと、会長室に千堂会長と雨宮専務のほかに、見覚えのある男が壁際の椅子に小さくなって腰を下ろして和馬を待っていた。

硬直したように畏《かしこ》まったその男はすぐにわかった。和馬が殺害した悪党・石岡達夫の弟、荒川べりで和馬に拳銃を突きつけた男であった。

「西城さんに詫びが言いてえというもんでして、お待ちしてたんですよ」

雨宮が腰を上げた。

「詫びだなんて、忘れてください。お互いに詫びることなどはなしにしましょう」

和馬は正直な気持ちを口にした。

「さすがに菅原志津馬さんの教え子だ。江戸っ子はそうでなくてはいけない」

千堂会長が感嘆の声を上げた。江戸っ子と菅原志津馬とどう関係があるのか和馬にはわからなかったが、千堂が菅原志津馬に悪意を持っていないということは読み取れた。

「いえ。謝らせてください」

石岡は悲鳴のような声を発するや、床の上に平伏して、

「昨日はまことにお恥ずかしいことをいたしまして、本当にすいませんでした。専務からは固く禁じられていたのに、西城さんの姿を見たとたんにこらえきれなくなって、本当に馬鹿なことをしてしまい、申し訳ございませんでした。心から反省し、心からお詫びいたします。兄貴が悪かったのです。そのことは会長や専務から耳にたこができるほど聞かされておりましたのに、血のつながりというのは恐ろしいもので、気持ちではわかっているのに、気持ちじゃないどこかが狂いまして……。思い出しただけでも寒気がするくらいです。本当に申し訳ございませんでした！」

最後は絶叫するような声で締めくくった。

「よく言った」

雨宮が感動した声で大きく頷いた。

「西城さん、こいつの言葉に嘘はありません。こいつは兄貴と違って曲がったことのできない野郎なんです。昨日は西城さんのお顔を見て、つい正気を失ってしまったんでしょう。許してやってください。わしからもお願いします」

千堂まで腰を上げて、和馬に向かって頭を下げた。

「オヤジさんの言うとおり、こいつは不器用な奴でして、極道にはなれねえ性質なんです。本人はその気になっているんですが、腹の底に抱えているのが、誰に似たのか、人様のために力の限り働きてえという気持ちなんです。その点でなんとなく西城さんに似ている、西城さんならきっと気に入ってくれるんじゃないか、こいつは赤木佐知子さんのことにも詳しいし、西城さんのお役にも立つんじゃないかと、そんな気持ちで昨日は接触させてみたんですがあんなことになっちまって、このわたしのミスでした。わたしからもお願いします。この野郎の自制心のなさ、許してやってください」

雨宮の言葉は男に対する愛情に満ちているように聞こえた。

「許すも許さないも、おれはなんとも思っておりません。どうぞ頭を上げてください。チャカを突きつけられたくらいはすぐに忘れます。再度、チャカを眉間《みけん》に突きつけられない限り、思い出さないでしょう。だからどうかもう、謝ることだけはしないでください。あなたが謝れば、おれも謝らなければいけない。言いにくいことですが、それだけはできませんので」

口にすべきではないと思いながらも、和馬ははっきりと言ってしまった。これで相手が怒るなら仕方ないという気分だった。

しかしまったく予期しない反応が返ってきた。

「本当ですか⁉」

頭を上げた石岡達夫の弟が目を輝かせて和馬に問うたのだ。

「本当です……本心です」

和馬はいささか緊張気味に答えた。

「有難う……有難うございます。これでおれも胸のつかえが取れました。もう二度と謝ったりはいたしません。ああ、ほんとに胸のつかえが綺麗に取れました。ストンと取れてなくなりました」

その晴れやかな顔がすべてを物語っていた。和馬は感じ取った。この男となら一緒に仕事ができる、と。

「西城和馬です。よろしく」

和馬は男に向かって手を差し伸べた。

「石岡英彦《ひでひこ》です。こちらこそよろしく」

石岡英彦は目元を綻《ほころ》ばせて手を差し伸べ、和馬の手を握り締めた。和馬はさらに強く握り返した。殺した男の肉親と握手をする感覚は、やけに重いものに思えた。

十分後、和馬は石岡英彦がハンドルを握るハイブリッド車の助手席に乗って、高円寺に向かっていた。石岡英彦は和馬の問いに素直に答え、自分の経歴のようなものを語っていた。

石岡の家は代々北砂《きたすな》辺りを取り締まる顔役の家だったという。北砂一帯を取り仕切っていた祖父は戦災で死亡し、父親は錦糸町の顔役としてかなり羽ぶりがよく、男三人兄弟はそんな父親の背中を見て育ったという。二人の兄は父親の期待通りに中学生の頃から喧嘩の強さを誇りにする悪餓鬼になり、父親を喜ばせたが、英彦だけは母親に似たのか、喧嘩よりも勉強が好きで、その分、父親からは疎《うと》まれていた。

その父親は英彦が高校を卒業した直後に、渋谷で刺殺された。賭け事でもめた挙句《あげく》の喧嘩だった。次男が父親の敵討《かたき》ちに出かけて数ヵ月後に栃木の山中で白骨死体となって発見された。それが十五年前のことで、それから三年後に長兄・つまり石岡達夫が和馬に殺害されたのである。

聞いていて体が震えるような一家の話であった。

英彦もそれを察してか、

「漫画みたいな家族ですよ。お袋も最近は笑っていますね。石岡の家はこうなるためにあるのかもしれない、と悟ったようなことを言ってますから」

幸い、母親の実家が千葉の裕福な地主で、金の苦労だけは最小限に食い止められ、今は母親は、実家の父親の遺産を大事に貯め込み、英彦の稼ぎを当てにしないで、福祉活動に熱を入れているという。英彦は今年で二十九歳。一時は真面目なサラリーマン生活を望んだが、今では父や兄たちが歩いた道にも、もっと別な歩き方、それこそ強きをくじき、弱きを助ける道があるはずだと、昔の俠客《きょうかく》の道を模索してるのだと語った。それが佐知子を救いたいということに繋がったらしい。

「赤木佐知子のことは以前から知っていたのか」

和馬は聞かざるを得なかった。話題に興味がないふりをするほうが不自然である。

「兄貴が強姦しようとした相手ですからね。彼女の素顔を見たのは裁判所だったけど、ほんとに純真ないい女だった。こんな女性を手籠《てご》めにするなんて、実の兄だって許せるものじゃなかった。あのときに兄貴が殺されたのも無理はないと思いましたよ」

「……」

「だから彼女が錦糸町の町を歩いているのを見かけたときにはびっくりしましたね。二年ほど前なんですが、その頃はまだ今よりずっと清楚な感じがして、すぐにわかりましたよ。それとなく近づいて話しかけましたが、さすがにあなたを強姦しようとした男の弟だとは名乗れなかったですけど、何回か会ううちに、ついに言っちゃいましてね」

「凄い度胸だ」

和馬には嘘偽《いつわ》りのない驚きであった。

「それがおれの宿命だとやっと最近確信しました。親父も二人の兄貴もさんざん世間様に迷惑をかけたんですから、残りのおれくらいは、少しはそのツケを払わねえと、世間様に顔向けできませんからね」

「たいしたもんだ」

「いえ。これも西城さんのお陰ですよ。荒川べりで西城さんにチャカを突きつけて西城さんに叱られたとき、つくづくと兄貴や親父たちの生き方とは真反対の生き方ってものがあるということに気がついたんです。西城さんはチャカを突きつけられても平然としていた。兄貴を殺したことに反省などしていないと堂々と言われた。あのとき、おれははっきりと兄貴の犯罪がいかに薄汚いことかとわかったんです。女を力ずくで犯そうとするなんて、人間のやることじゃない。あのときはっきりとわかりましたね」

英彦の熱弁は和馬をも感動させた。和馬など及ばない心の葛藤を乗り越えた男の、本来ならば血を吐くような告白であった。それを車のハンドルを操りながら言ってのける英彦の決意のようなものを、和馬はひしひしと感じ取っていた。

「きみとなら、いい仕事ができそうだ」

和馬は感慨を込めて静かに言った。胸の奥では、師匠、いい相棒に出会えたようですと、密かに報告していた。

「嬉しくなってきましたよ」

英彦はハンドルを握りながら上半身をゆすって見せた。

車は環七へ入って高円寺に近づいていた。時刻は午前十時ちょっと過ぎ。佐知子の話によると、相手の塚本信也は大概、午前中は家にいるという。佐知子のいる前で、佐知子と別れさせるというのが、和馬と英彦の仕事であった。

アパートの前に車を停めて、和馬と英彦は一階3号室のドアの前に立った。

英彦がインターホンのボタンを押した。三度ほど押すとようやくドアの内側に気配がして、ドアの隙間から寝起き顔の佐知子が顔を覗かせた。

「御免なさい、昨夜遅かったものだから」

「塚本は？」

英彦が声を細めて聞いた。

「大鼾《いびき》よ」

和馬と英彦は遠慮なく部屋へ上がりこんだ。玄関から奥までフローリングの細長い作りだった。奥の部屋にダブルベッドが置かれ、そこに塚本が大の字になって鼾を掻《か》いていた。黒いパンツ一つの姿だった。

「塚本さん、起きてください」

英彦が遠慮のない動作で塚本を揺り起こした。塚本はびっくりしたように飛び起きた。

「な、何だ、あんたらは!?」

驚きと恐怖で寝ぼけた顔が引き攣《つ》っていた。

「赤木佐知子さんは引っ越すそうだ。あんたはここにいていい」

英彦が宣告する口調で言った。

「ふざけるな!」

塚本はベッドから飛び降りて佐知子に飛びかかろうとした。

「てめえは俺の女だ。どこにも行かせねえ!」

「止めて!」

佐知子が悲鳴を上げた。

反射的に和馬の手が飛んで、塚本の頬に命中した。塚本は二メートルほど吹っ飛んで尻から落ちた。

「女に乱暴すると警察に訴えるぞ」

和馬は言って、

「さ、行こう」

佐知子を促した。佐知子はすでに支度してあったと思える大きな旅行カバンを持ち出してきた。

「あんたの預金通帳も頂いていきますからね。これは元々わたしが稼いだお金。あんたのものなど何もないのよ。さよなら」

そう言い残して玄関を出た。塚本は頬を抱え込んで起き上がれなかった。

「糞ッ！　ただじゃおかねえからな！」

塚本の怒鳴《どな》り声がむなしく聞こえた。三人はさっさと車に乗り込んですぐにスタートした。

「なんだか変な気分ね」

車の後部座席に座った佐知子が、タバコに火をつけて呟いた。

「まさか和馬にこんな形で悪の手から助けられるだなんて、想像もできなかったわ」

「そいつはおれのセリフだ。こんな形で昔の恋人を救い出すなんて思わなかったぜ」

「おれも言わせてもらうよ。まさかこんな形で兄貴が強姦しようとした女性と、兄貴が刑務所へ送った形のお人と出会うなんて、想像さえできなかったぞ」

「あれ？　そう言えばそうね。三つ巴《どもえ》ね」

佐知子が頓狂《とんきょう》な声を上げた。

「凄い三角形だな」

「これが本当の三角関係かもしれないな」

「気味が悪いな」

和馬は実際に背筋に寒気が走ったような気がした。化粧っ気のない佐知子の顔は、微かに十二年前の佐知子の面影を感じさせる。すべて厚い化粧のせいか？　化粧を落とせば、その下には昔の面影が残っているのかもしれない。

「わたしだって気味が悪いわ」

佐知子が後部座席から抗議した。

「おれだって少しばかり気味が悪いですよ。兄貴が後ろで笑っているようで」

英彦も後に続いた。

「気味の悪いこと言わないで」

後部座席で佐知子がもぞもぞと肩をすぼめた。

「あまりのんびりできないぞ。問題はこれからだ。塚本がこのままおとなしく佐知子のことを諦めるとは思えないだろう」

和馬は話題を変えた。

「予定済みです。赤木さんの新居も会社の近くに準備してありますし、警護の手はずも付いていますから」

英彦は自信満々だった。

「塚本の背後にはどんな連中がいるんだ」

和馬は佐知子に問うた。

「新宿の悪《わる》はみんな塚本の友達よ。中には中国人やイスラム系の人もいるわ」

佐知子がこわばった顔で答えた。

「その連中はみんな塚本のような連中から金を巻き上げているのか」

「ええ。わたしが知っているだけでも、塚本みたいな男が十人以上はいるわ。大概、一人で二人か三人の女を抱えて働かせている。塚本にも以前は三人の女がいたわ。今は二人だけど」

「そんな女がまだいるんだね」

英彦が背中で言った。

「女は強くなったとか、肉食女などといわれているが、以前とまるで同じじゃないか。相変わらず悪い男に食われている」

和馬は師匠のことを思い出し、いかに師匠が女を大事にしたか、改めてその異色さを認識した。女をたぶらかして肉体を売らせ、自分はその上前を撥《は》ねて遊び暮らす〝スケコマシ〟は江戸の昔からいたらしいが、師匠のようなスケコマシは日本の歴史上一人としていないのではないだろうか。

今、師匠がこの世にいれば、この局面に遭遇したとしたら、どうするだろうか？

答えは決まっている。その答えをこれから和馬は実践《じっせん》しようとしているのだから。

車は関東牧神会のビルからワンブロックほど離れた三階建てのマンションの玄関に着いた。

千堂組の若い衆が待っていて、新しい家具類を佐知子の新居に運んでいるところだった。

「これが最後の荷物ですから」

二人掛かりで小型冷蔵庫を運ぶ若い衆が和馬に向かって告げた。すべて家具類は錦糸町界隈の中古品を扱う業者から格安で購入したものだ。

三階の角部屋の佐知子の新居は、１ＬＤＫのこぢんまりとした、南と西に窓のある部屋だった。

「ラッキー。東向きだとお日様が入って眠れないの」

午前中は眠っている佐知子にとっては、格好の部屋というわけだった。

「夜の仕事を続けるつもりなのか」

和馬は批判的な口調で言った。

「当たり前でしょ。食べていかなければならないもの。それとも、食べさせてくれる?」

佐知子は意味ありげな、そしてからかうような微笑を和馬に向かって投げかけた。

「昼間の仕事だってあるだろう」

和馬は叱るような口調になった。

「誰かさんが援助してくれれば、昼間のお仕事でもいいのよ」

和馬に向かって誘惑するような視線が注がれた。

「夜でも真夜中でも、勝手に働け」

捨て台詞を残して和馬は部屋を出た。すっぴんの顔に微かに見えていた昔の面影は完全に消えていた。顔だけではなく、心と腹の中まで余計なものに染まってしまっている。

勝手にしろ!

胸の中で悪態をついてマンションを後にした。

2

午後からも仕事が待っていた。

牧神会の事務所で近くの食堂から取った出前の昼飯を済ませると、英彦の運転する車で東陽町へ向かった。

「赤木佐知子さんは、和馬さんにまだたっぷりと未練を持っているみたいですね」

英彦が正面を向いたまま話しかけてきた。

「馬鹿を言うなよ。お互いにもう三十を過ぎてるんだ。餓鬼ではあるまいし、弁《わきま》えてるよ」

「そうかなあ。おれの目には真剣に見えたけどなあ」

「そんなことより、次の仕事の詳細を教えてくれ」

高校三年生の娘が虐《いじ》めにあっているらしいのに、学校がまるで対処してくれないので何とかして欲しいという依頼であった。その詳細は、和馬の耳にはまだ入っていない。

「学校はどこなんだ」

「地元の東《ひがし》高校だよ」

北砂にある公立高校だという。

「学校で虐められているのか？」

「そこのところはまだ聞いていないんだ」

訪ねた先は東西線の東陽町駅から東へ入った坂上にある小綺麗なマンションの五階の一

室だった。高校生の娘の母親が出迎えてくれた。四十を超えていると思えるが、垢抜けした、それでいて静かな感じの夫人だった。

「実は昨夜、娘に詳しく聞いてみたのです……」

二人を玄関脇のリビングルームに案内すると、夫人はお茶を淹れながら少しばかり困惑したような表情を見せて口を開いた。

「学校で虐められているのではなく、学校の帰りに、週に一度か二度、不良らしいよその高校生に待ち伏せされて、しつこく誘われたり、お金をせびられたりしているらしいのです。それも、相手は複数で、このことは誰にも話すなと脅迫されているとかで……」

「かなり悪質ですね」

「警察などに話したら、娘だけではなく家族にも害が及ぶと脅迫されているようで、それでなかなか打ち明けられなかったのだと思います」

「お嬢さんは、今日も学校へ?」

「はい。帰りは、学校が三時ちょうどに終わりますから……」

「われわれが見張ってみましょう。お嬢さんの写真か何かあったら見せていただきたいのですが」

母親似の高校三年生の娘の写真を一枚貰って、和馬と英彦は東高校へ向かった。

北砂の明治《めいじ》通りから少し入ったところにある東高校に着いたのは、二時前だった。そのあたりの地理を頭に刻み込んで、近くのコーヒー店で一服した。

「美人の娘を持つ母親というのも大変なんだなあ」

英彦が美少女の写真を眺めて呟いた。

「女子高生を狙うなんて、そんな悪が流行《はや》りなのか？」

「流行というわけじゃないが、増えてるね。とにかく弱い者を狙う悪が増加していることは事実だ。振り込めサギにしたってそうだろう。弱い立場にある田舎の爺さん婆さんがターゲットだからな」

「狙う悪は男だろう？」

「そりゃそうだ」

「男は弱くなり、女が強くなったって聞いているが、違うじゃないか」

「いや、そうでもないさ。今、四十過ぎの男が結婚に飢えていて、そこに目をつけて男を手玉に取り、金を貢がせる結婚サギまがいの女が、新聞種になってるからね」

「ああ、その話はテレビで見たよ。それほど結婚したい男がいるんだな」

「和馬さんは結婚願望は？」

「あるもんか。おそらく結婚願望なんて死ぬまでないだろうね」

「おれはあるね。今はそんな気はないが、四、五年先には家庭を持ちたいとは思っている」

英彦は和馬より三つ下の二十九歳である。

「二十歳のときにはあった。結婚は目の前だった」

「あ、そうか。そうだね。その希望を兄貴が切断したんだ」

十二年前の出来事が二人の脳裏に蘇っていた。

「妙な話だな。あのときあんなことがなかったら、おれは結婚してトラックの運転手として、女房に尻を叩かれながら並の生活していたんだな」

「パパになっていたろうね」

「パパか。妙な気がするなあ。そんな自分が想像もできない」

「おれだって、あんな事件がなかったら、どうなっていたかわからない。兄貴に似て悪になっていたか、それとも反発して大学辺りに行っていたか……」

「どっちにしてもおれたちは巡り会うことはなかったろうな」

「そう思えば、あんな事件のお陰だね、おれたちが一緒にこんな人助けの仕事ができているなんて」

「まったくだ」

これも師匠のお導きかもしれないと、和馬は密かに思っていた。

三時ちょうどにコーヒー店を出た。東高校の校庭に授業を終えた生徒たちが帰り支度をして出てきたところだった。校庭には正面の校門のほかに右手に出入り口の門があるが、放課後のこの時間には閉じられている。だから正門前で見張っていれば、写真の少女を見つけられる。

「あの子じゃないか？」

英彦が目ざとく見つけて和馬を小突いた。数人がまとまって校門へ向かって歩いてくる男女のグループの中に、写真とそっくりの愛らしい制服姿の少女がいた。

「おまえは彼女をつけてくれ。おれは悪餓鬼どもを見張る」

「わかった」

英彦は校門のほうへ移動した。

伊吹翔子《いぶきしょうこ》――それが悪餓鬼に狙われている高校三年生の少女の名前だが、見た限り災難にあっている様子はない。周囲の友達とお喋りしながら帰路につく姿は、高校生活を満喫している一人の可愛い女子高生にしか見えない。仲間の中で見ると、ひときわ可愛らしい。美人候補といっていいかもしれない。

校門を出るとグループが左右に分かれた。一つは明治通りを亀戸《かめいど》方面へ行き、一つは東陽町方向へ。無論、伊吹翔子は東陽町方向のグループである。そのあとから英彦が尾行していく姿が見えた。和馬はさらに五十メートルほど離れてあとをつけた。

学校から彼女の自宅までかなりの距離がある。明治通りから四ツ目通りへ出て左折して東陽町の交差点まで、歩いて楽に小一時間はかかる。

仙台堀川《せんだいぼり》の橋を渡ると、彼女は葛西《かさい》橋通りを左折した。直進すれば門前仲町へ出る路線である。車の通りは激しいが、人通りは極めて少ない。彼女は一人になっていた。心なしか足取りが速くなっている。五十メートルほど離れて英彦が尾行し、さらに三十メートルほど後ろに和馬がついた。

四ツ目通りに出る百メートルほど手前で、ちらりと後ろを振り返って逃げるように細い路地へ消えた。

英彦が後を追うように小走りで路地の入り口へ走った。

和馬はそれとなく振り返って見たが、彼女を尾行しているらしい人影も車の影もなかった。

「どうする」

路地へ曲がる角で和馬を待っていた英彦が路地の奥を顎でしゃくった。車一台が入れるかどうかの細い路地の五十メートルほど先を、伊吹翔子が先を急いでいた。

「つけてくれ。おれは四ツ目通りを行く」

和馬はそう告げて四ッ目通りへ出て左折した。彼女をつける悪どもは、車を使って尾行しているに違いないと、和馬は確信していた。

四ツ目通りへ入って百メートルほど行ったとき、和馬のスーツの胸ポケットの中で携帯電話が鳴った。英彦からだった。

「どうした?」

厭な予感が和馬の脳裏に走った。

「マンションの中に消えた」

英彦の声は引きつっていた。

「なんだと?　すぐ行く」

和馬は左へ折れる路地がないか視線で探し、三十メートルほど先に細い路地を見つけて駆け込んだ。目的の路地が五十メートルほど先に横たわっていた。その右手に英彦の姿があった。

「あのマンションだ」

前方左手の角に、白い五階建てほどのマンションが西に傾いた陽光を屋上に受けてそこだけ輝いていた。

「エレベーターが五階に止まっていたから五階のどこかへ行ったんだと思う。どうする」

「五階か」

「各階に六つずつ部屋がある」

マンションの玄関に郵便受けが二段になって壁に取り付けられていた。郵便受けには各部屋ごとに名前と部屋番号が記されている。

「待つか。それとも五階の各部屋を訪問してみるか？」

「彼女、自分からこのマンションへ入ったんだろう？」

「ああ。それは間違いない」

「友達でもいるのかな」

「これを見ろよ」

和馬は五階の〝石橋《いしばし》〟という名札の下に書き込まれた文字に気づいた。小さな文字で〝塾〟と記されている。

「塾？　何の塾かな？」

「塾といえば、勉強か習い事に決まってるだろう？」

そう言って、和馬は伊吹翔子の家に電話を入れて、翔子が塾通いをしているかどうか聞いてみろと命じた。旅先で、高校生の塾通い、特に女子高生の塾通いは危ないという話を聞いたような記憶があるのを思い出したのだ。塾へ行くといって遊びまわる女子高校生が一番引っかかりやすいと、その男は自慢げに話していた。

英彦は言われたとおりに電話を入れ、すぐに携帯を握り締めたまま首を振った。

「よし、乗り込んでみよう」

和馬の全身に痺《しび》れるような電流が走って、エレベーターの見えるガラス張りの入りロドアを押していた。四、五人も乗れば満員という狭苦しいエレベーターだった。

〝石橋〟の部屋は五階左手の一番奥にあった。

「気をつけろ」

そのドアの前に進もうとする英彦を、いきなり和馬は引きとめた。

「監視カメラだ」

和馬は石橋のドアの上に取り付けられた小さなカメラを指差した。

「ドアルーペがないから監視カメラか。用心深いな」

英彦が呆《あき》れてカメラを見上げた。

「塾というのが本当なら、それほど用心深くなるか？」

「なるほど。やましいところがなければ、それほど用心しなくてもいいわけだ」

「二人でドアの前に立つと用心される。おまえが行ってとにかくドアを開けさせろ」

和馬の顔には前科者のにおいが染み付いている。並みの人間にはわからないが、それなりの悪には読み取れる。〝石橋〟が悪なら、絶対にドアを開けてもらえないだろう。

「何て言えばいい」

「自分で考えろ」

「わかった」

英彦は案外あっさりと頷いてドアに近づき、ちょっとためらってから呼び鈴のボタンを押した。

やや間があってドアの中から応答があった。

「はい」

男の低い声だった。

「一階に住んでるものですけど、こちらの塾に通ってる人の落とし物です。エレベーターの前に落ちていましたんで」

英彦はそう言って自分の札入れを取り出してカメラに向かってひらひらさせて見せた。実に上手い芸当だと、和馬は感心し微笑んだ。

微笑んでいる暇はなかった。ドアが開いた気配と同時に和馬はドアへ走った。ドアの隙間に足を踏み入れるや、メガネをかけた丸顔の中年男の胸倉を摑んで締め上げた。

「な、何をする！」

男が悲鳴のような声で叫んだ。

「伊吹翔子さんはどこにいる！」

和馬は沈んだ声で問うた。

「みんな、気をつけろ！」

男が奥に向かって叫んだ。

和馬は男を突き放して土足のまま奥へ飛び込んだ。細い廊下の先がリビングルームのようだった。そのフローリングの床の上にテーブルが置かれ、二人の初老の男が座り、テーブルの上にはコーヒーカップが置かれている。その二人の男が慌てて腰を上げるのと、奥の二つの部屋から半裸の男が飛び出してくるのが同時であった。二人とも中年の脂ぎった男であった。

「警察か！」

半裸の男が血相を変えた。

「そうだ！　警察だ！　動くな！」

英彦が叫んだ。

「伊吹翔子さん、どこです。伊吹翔子さん！」

和馬は少しばかり禿《は》げ上がった頭の男が飛び出してきた部屋へ走りこんだ。ベッドの上に起き上がった伊吹翔子の虚《うつ》けたような顔が和馬を見つめていた。

「早く服を着てください！」

和馬は気づいた。翔子は薬物を投与されて、虚け状態になっているのだ。完全に神経が現実世界から遊離している。旅先でヤクを使用していた連中から聞かされていたので、その耳学問がこんなときには役立つ。仕方なく和馬は翔子に上着だけ着せてやり、下着類は彼女のカバンの中に詰め込んで、抱きかかえるようにして部屋を出た。

「署に電話した。貴様ら、絶対に動くな。逃げようとする者は遠慮なく射殺する。この子はすぐに医者に連れてゆく」

そう言って和馬は英彦を廊下へ呼び出し、この後の処置を耳打ちし、先に翔子を抱えて廊下へ出た。

一階へエレベーターで降りて四ツ目通りへ向かいながら、一一〇番へ電話を入れた。

「四ツ目通り千石《せんごく》二丁目の高橋《たかはし》マンション五階506号室で女子高生による売春ならびに薬物吸引が行われています。至急来てください」

それだけ叫ぶような声で告げると電話を切り、すぐに英彦の携帯に電話した。

「今、一一〇番した。おれは四ツ目通りに出てタクシーを拾う。急げ」

それだけ言ってタクシーに向かい手を挙げた。

十分後、和馬と英彦は東陽町の伊吹家のリビングルームにいた。

二人に運び込まれた翔子は自室のベッドに寝かされて、伊吹夫人は青ざめた顔で二人と向かい合って座っていた。

「あの娘がそんなことに巻き込まれていたなんて、信じられません」

膝の上で組み合わせた手の指が震えているのが和馬の目にも映った。

「おそらくヤクを覚えさせられて、巻き込まれたのだと思います。いずれにしても早く医者に見せたほうがよいと思います。救急車を呼ぶのが一番早いと思います。どっちにしても警察から尋問に来ると思います。そのとき、わたしたち二人の名前を出してもかまいません。警察が聞かなければ黙っていてもかまいませんが。今頃は警察に踏み込まれて全員逮捕されているでしょう」

その逮捕劇から翔子が免《まぬか》れただけでも、仕事をしたという実感は持てた。

間もなく伊吹家を辞して、二人は帰路についた。

「いずれ警察から呼び出しがあるだろうな」

英彦が憂鬱《ゆううつ》な口調で呟いた。

「覚悟はしとけよ」

「まさか、逮捕されるんじゃないだろうな」

英彦は今から逃げ腰になっていた。

「おれたちは一人の女子高生を救ったんだぜ。逮捕なんてありえない。だけど……」

「だけど、なんだよ」

英彦は食い下がってきた。よほど警察が嫌いらしい。もっとも警察が好きなどというものはこの世界にはいない。和馬にしても、基本的には嫌いである。師匠は生涯警察と戦っていたようなものだ。戦う相手としては戦い甲斐がある。

「おれとおまえの深い正体がばれれば、かなり突っ込まれるな」

「深い正体ってなんだよ？」

「おれとおまえが敵同士だってことさ」

「え？　あ、そうか。おれの兄貴があんたの恋人を強姦しそこない、そしてあんたがおれの兄貴を殺した。お互いに敵同士なのに、何でつるんでるんだってか」

「警察にはおれたちの関係は理解できっこない」

「だけどそんなことで起訴される心配はないぜ。犯罪じゃないんだから」

「そりゃそうだ。警察の呼び出しを楽しみにしてようぜ」

住吉の事務所へ帰って千堂会長と雨宮専務に報告すると、

「こいつは少し面倒なことになりますね」

と、雨宮が表情を曇らせた。

「どういうことですか？」

英彦が恐る恐る聞いた。

「ヤクだ」

雨宮が呻くような声で答えた。

「まさか、牧神会がヤクを扱ってるわけじゃないでしょうね」

和馬の声は尖っていた。

「ヤクなどご法度になってから二十年以上経つ。しかし警察は事情を知っているのだ」

「事情って、何の事情ですか？」

和馬はさらに問い詰めた。

「うちはヤクとは無縁だが、渋谷の遠藤《えんどう》さんはまだ手が切れないでいる」

渋谷の遠藤とは、昔ここにいた千堂の弟分が渋谷に移って組織を作ったゲーム店のことだった。

「今のうちに渋谷に連絡しておきますか」

雨宮が千堂に持ちかけた。

「いや。そんなことをしてもいずればれる。ばれたらこれまでの牧神会もオジャンになる。渋谷が潰れるのは仕方がない。非情といわれるかもしれないが、ヤクに手を染めるのがそもそもの間違いだ。ほうっておけ」

千堂会長は苦渋の言葉を吐いた。和馬は感動を覚えた。昔の仲間を切ってでも牧神会という善の道を歩む弱小の組織を守ろうとする意志を見抜けなかった自分の鈍感さに気がついたのだった。

「遠藤はこの界隈の事情をよく知っているから、奴の仕事とも考えられるが、そうなったらそのときのことだ。ヤクに手を出せばどういうことになるか、遠藤にだって覚悟はあるだろう」

「わかりました」

雨宮も会長の言葉の重さを感じ取ったのか素直に引き下がった。

「帰ります」

和馬はなぜか事務所をこのまま後にできない重さを覚えて、雨宮に声をかけた。

「ご苦労だった」

雨宮は難しい顔のまま頷いた。

「お聞きしていいですか?」

和馬はもう事務所にほかに人影がないのを確かめてから雨宮の背中に声をかけた。

「なんだね？」

雨宮は専務のデスクに腰を下ろして和馬を見据えた。

「おれたちがやったことは、牧神会にとってよかったのでしょうか。それとも面倒を引き起こす元になるのでしょうか？」

和馬はそれを雨宮がどう解釈しているのか、それをはっきりと知っておきたかった。そうでないと、今後、とても思い切り仕事ができない気がしたのだ。

「何を言う。おまえたちに仕事を命じたのは、わたしであり千堂会長である。牧神会にとってマイナスのことを会長や専務が命じると思うのかね」

「しかしおれたちがやったことは、赤木佐知子の救出も今日のことも、牧神会を追い詰めているように見えますが」

「それがどうした。善を成さんとすれば確実に横槍が入る。それを恐れていては何もできん」

「しかし……」

「極道の経験がないおまえにはわからんかもしれないが、この世界では珍しいことではない。かたぎの世界では善行を行えば世間様から褒められるだけだが、ウチのような組織が心を改めて世間のお役に立とうとすれば、その裏側を必ず覗かれる。それが厭なら善行などしなければいい。しかし会長もわたしも腹をくくって牧神会を打ち立てた。善行の裏には、仲間に迷惑をかけることになるかもしれないという腹はくくっている。だからおまえたちがいちいち心配することではない」

「わかりました」

和馬は一礼して雨宮のデスクを離れて部屋を出た。

3

翌日は何事もなく一日が過ぎ、しかし二日目の早朝、和馬は英彦からの電話で眠りを覚まされた。

「どうした」

朝の七時少し前だった。美里は和馬の脇で乳房を丸出しにしてまだ安らかな寝息を立てていた。

「佐知子が消えた」

「なんだと？」

和馬はベッドから降りてリビングルームへ入った。美里を起こさないためだ。二人は明け方まで睦みあい、まだ三時間ほどしか眠っていない。

「目が覚めたら消えていたんだ」

「どういうことだ」

佐知子は牧神会の事務所の近くにマンションを用意されて、そこに住居を移したはずである。無論、一人住まいのはずなのに、目が覚めたら消えていたとは、どういうことなのか、和馬には理解し得なかった。

「昨夜、おれは彼女のマンションに泊まったんだ」

和馬の胸底に横たわっていたもしやという思いが的中した答えが返ってきた。

「消えたとは、彼女自身がどこかへ出かけたのか、それとも誰かに拉致《らち》されたのかどっちだ」

「それがわからないんだ。さっき目が覚めたら隣にいたはずの彼女の姿がなかったので、近所を探したんだが、見つからないんだ」

佐知子は眠れないときには近くを散歩する習性があるらしい。

「誰かに伝えたか」

「いや。とにかく和馬さんに知らせようと思って」

「わかった。すぐ行く。近所を探しておけ」

和馬は着替えをして静かにマンションを出た。タクシーを拾い、数分後には佐知子のマンションの前に到着した。まだ路上に人影はまばらであった。

「やはりこの近所にはいない」

目ざとく和馬の姿を見つけた英彦が駆け寄ってきた。

「荷物などは持ち出してないんだな？」

「ああ。持ち出したのはハンドバッグだけだ」

「携帯電話は？」

「バッグの中に入っているはずだが、いくら電話しても留守になっている」

「おまえ以外に男は？」

「いや。おれの知る限り、付き合っているのはおれだけだ」

「おまえも手が早いな」

「向こうから誘ってきたんだ」

「どうでもいい」

いらぬことを言ってしまったと、和馬は後悔した。しかし遅かった。

「どうでもよくないさ。おれはあんたの代用品だったんだから」

「代用品？　どういうことだ」

「彼女はおれと一緒にいることで和馬さんとの思い出を味わってるのさ」

「馬鹿なこと言うな。おまえが気に入っただけの話だ。それでいいだろう。そんなことより、探し出すのが先決だ」

「ひょっとすると、友達のところへ行ったのかもしれないぞ」

英彦は不意に思い出したように言った。

「友達？　佐知子に友達がいるのか」

「一昨日の夜、彼女の携帯に電話がかかってきたんだ」

「一昨日も彼女のマンションに行ったのか」

和馬は言葉を挟んだ。英彦は懐《ふところ》が甘い。人がよすぎる。

「え？　ああ、ごめん」

「いいから先へ進んでくれ。誰からの電話だ」

「おれは風呂に入っていたからよくは聞こえなかったけど、友達らしかった。なんだか深刻な話のようで、行くわとか、どこかで待ちあわせようとか、そんなやり取りが聞こえたんだ」

「その友達は、どこに住んでるんだ」

「そこまではわからないよ」

「よし。おれが電話してみよう。おまえがかけて出なくても、おれがかければ出るかもしれない。電話番号教えてくれ」

「ああ、和馬さんがかければきっと出るよ」

英彦は愁眉《しゅうび》を開いた顔で佐知子の電話番号を告げた。和馬は番号を聞きながらプッシュした。

呼び出しの可愛らしいメロディーが耳底に響いてやや間をおいてから、

「和馬?」

いきなり和馬の名前が耳に返ってきた。

「何でおれの電話番号を知ってるんだ」

「やっぱり和馬なのね?」

声が跳《は》ねるように明るくなって、

「和馬の電話番号、英彦の携帯から盗み見したの。うふふふ」

「笑ってる場合じゃない。どこにいるんだ」

「お友達のところよ」

「英彦が心配して朝早くにたたき起こされたんだぞ。友達のところで何してるんだ。すぐ帰って来い」

「駄目よ。友達、今大変なんだから。救急車呼ぼうと思ったくらいなのよ」

「救急車？」

「大きい声じゃ言えないけど、自殺未遂よ」

急に声が沈んだ。

「自殺未遂だと？」

和馬は少しばかり衝撃を受けた。

「それで助かったのか？」

助かったから未遂というのだが、和馬もかなり慌てていた。佐知子を救出したとき、佐知子のあまりの荒れぶりに、自殺でもするのではないかと不安になった経緯のせいだ。

「今は安らかに寝てる。こっちに来ない？」

「どこにいるんだ」

「中野《なかの》」

「中野？　高円寺の隣じゃないか。そんなところをうろついてると塚本に見つかるぞ」

「大丈夫よ。彼は中野までは来ないから」

「いいから早く帰って来い。英彦が待ってるぞ」

「あ、英彦とのこと、聞いちゃったのね」

「そんなことはどうでもいい。彼女が起きたら帰って来いよ」

「わかった。お昼過ぎには帰るわよ」

その言葉を聞いて、和馬は不機嫌に電話を切った。

「中野で何やってるの」

「友達が自殺未遂したんだとさ。昼過ぎには帰るというから大丈夫だ。ほっとけ」

和馬は吐き捨てるように言って事務所へ向かった。

「腹が減ったろう。どこかで飯でも食うか」

英彦がのんびりした声で誘った。

「おれは帰る。今日は何もないだろう」

「今日あたり、警察から事情聴取がくるかもしれないぞ」

「おれやおまえには関係ない。雨宮専務がうまくやってくれるさ」

「そうだよな。おれたちは悪いことしたわけじゃないからな」

四ツ目通りに出て英彦と別れ、タクシーを拾いかけたとき、和馬の携帯が鳴った。見覚えのないナンバーが点滅していた。

「もしもし」

「わたしだ」

雨宮専務の緊張した声が返ってきた。

「お早うございます」

「今日は出勤無用。一日、自宅マンションを一歩も出るな。新宿の野獣がおまえと石岡を探している。たった今、入った情報だ」

雨宮の冷静な通達だった。

「英彦には通達したのでしょうか」

「いや、まだだ。何かあったのか」

鋭い神経である。

「いいえ、大したことではありませんが、今朝方、赤木佐知子が友達に呼び出されて、中野まで出かけてしまって、今、二人で探していたところです」

「馬鹿なことをするな。ほうっておけ。これから英彦には電話をする。いいかね、絶対に外出するな。連中はこの界隈を虱潰《しらみ》しに探すはずだ。月島のマンションにいれば安全だ」

「承知しました」

月島のマンションに着いたのは九時ちょっとすぎだった。美里はまだ眠っていた。美里はかなり寝相が悪い。でかけるときは乳房丸出しだったが、今は尻を丸出しにして安らかな寝息を立てている。まん丸で滑らかな肌に包まれた綺麗な尻だ。

和馬は自分でコーヒーを淹れ、バスタブに湯を満たし、コーヒーカップを持ち込んで湯に浸かった。

極楽気分だった。

佐知子を救い出し、伊吹翔子という女子高生をヤクと売春という汚濁《おだく》の中から救い出した、その気分のすがすがしさはまるで夢のようだ。重い空気に満たされた旅先の気分とは、天国と地獄の違いだ。

そして目の前には二十七歳の熟し始めた女体がある。

だが……。

その天国気分にどっぷりと浸かっていていいのだろうか？

ふと、不安が胸の片隅を過った。同時に師匠の面影が脳裏に浮かび、穏やかな、しかし何か言いたげな表情を見せた。

師匠、おれは甘すぎますか？　自分でも、こんな順調に運んでいいのかと、不安なんです。師匠の人生って、もっと厳しかったんじゃないですか？

「お早う」

不意にバスルームのガラス戸が開いて、素っ裸の美里が寝起きのあくびを噛み殺しながら入ってきた。

「起こしちゃったか」

「黙って出かけて黙って帰ってくるんだもの」

美里はそのままバスタブの中へ入ってきて、股間の割れ目を和馬の目の前に向けて尻を沈めた。いつも二人で入るときは向かい合って互いの足を上下に重ねて伸ばす。

「お仕事は終わったの？」

美里は髪をカバーで丸め込んで顔を湯に浸けてから、亭主に仕事を報告させるような口調で聞いた。

「ああ、無事に終わりましたよ、奥様」

湯の中で重ね合わせた足の指先で美里の尻を小突きながら、和馬は英彦の早とちりで起こった早朝出社の経緯を面白おかしく語って聞かせた。

「馬鹿みたい」

和馬の話が終わると、美里が嘲《あざけ》るような口調で言った。

「馬鹿みたいとは、どういうことだ」

和馬は尖った声を返した。和馬と英彦のしたことが馬鹿みたいと鼻先であしらわれたことに、自分でも意外なほど傷つけられた思いが胸中を走ったのだ。

「女を助けているつもり？　馬鹿な女を甘やかしているだけじゃないの。赤木佐知子さんにしたって、伊吹という女子高生にしたって、好きで男にもてあそばれてるのよ」

「馬鹿なことを言うな。佐知子にしろ伊吹翔子にしろ、男に騙されて地獄に落ちてるんだぞ」

和馬はなぜか意地になって反論した。

「地獄だなんて、大げさな。彼女たちにとっては天国かもしれないじゃないの。女がどれほどずるい生物か、知らないのね。女はね、落ちていくのも好きだし、そこから救い上げられるのはもっと好きなのよ。快感なのよ。その快感に慣れてしまうと、助け出されるために自分から落ちていく人もいるの。佐知子さんなんてその典型じゃないの？」

「ふざけるな。佐知子はそんな女ではない」

和馬はさすがに憤りを抑えられず、湯の中のつま先が美里の尻を蹴飛ばした。

「痛い！」

美里の尻が湯の中で飛び上がった。つま先が尻の穴を蹴ってしまったらしい。

「女のために力になるなんて言っておいて何よ。女を苛《いじ》めるつもり！」

美里の顔は激昂《げっこう》していた。

「おまえが馬鹿なことを言うからだ！」

和馬も頭にきていた。

「何が馬鹿なことよ。女のために仕事をしたい、女の力になるために仕事をしたいなんて言っといて、馬鹿女を甘やかせて鼻の下を伸ばしてるから馬鹿といったのよ。どこが悪いのよ！」

美里がそう言って湯を和馬の顔めがけて引っ掛けてきた。バスタブの中で湯の引っ掛けあいになった。子供の喧嘩じみてきた。美里が可愛く見えてきた。同時に、これがおふざけであるならば、美里に怒りを感じているのでなければ、美里の言葉が和馬の胸に、本当は致命的に突き刺さっているのかもしれないという不安が目覚めた。

心の核心を突かれたから、和馬は怒らざるを得なかったのかと、そこに気がついた。

「おれがやってることは女を甘やかせているだけに見えるか？」

和馬は真面目な顔になって、身を乗り出した。

「見えるから言ってるんじゃないの」

美里も冷静さを取り戻して言った。

「女を本当に強くしたいの？」

美里の顔がさらに引き締まった。うかつな返事は受け付けない顔であった。

「強くしたいというよりも、困っている女の力になりたいんだ。男に虐《しいた》げられている女性を助けたいんだ」

「それが女を甘えさせるってことよ」

「困ってる女を助けてはいけないのか？」

和馬はだんだん頭が混乱してきた。

「いい子になってどうするのよ。女性に感謝されたいわけ？　そんなことしたって、誰も感謝なんかしないわよ」

「どうすればいいんだ？　おれは別に感謝なんかされたくはない。困ってる女性を助けたいだけだ」

「それを自己満足というの」

「満足してはいけないのか？」

「自己満足のために人助けをしたいのなら、さっさと男をやめなさいっ！」

言いざま、美里は和馬の顔に湯を両の手で引っ掛けた。かなり真剣に怒っている形相《ぎょうそう》だった。

「何をしやがる！」

和馬もさすがに声を荒げた。

「そんな男とは思わなかったわ。見損なった！」

捨て台詞《ぜりふ》を吐いて腰を上げ、まん丸の尻を和馬の顔に向けてバスタブを出て行った。

和馬は後を追わなかった。

「勝手にしろ。可愛げのない女に用はない！」

和馬の腹は煮えくり返った。追いかけていって素っ裸のまま外へたたき出してやりたいほど腹が立っていた。それを辛うじて押さえ込み、冷たいシャワーの栓を全開にして浴び、頭を冷やした。美里が乱暴に衣装ダンスを開けたりして、最後にはドアをバタンと閉める大きな音を残して出て行く気配が風圧のように聞こえた。

4

美里が出て行って数日間、和馬は好き放題に遊び呆《ほう》けた。旅に出ていた十二年間の空白を取り戻すような勢いで、毎日、銀座、渋谷、新宿へと繰り出し、昼間はパチンコ屋やゲーム店に入り浸《びた》り、日が暮れると主に銀座のネオンに惹かれて飲み歩いた。そして酔いどれて月島のマンションに戻るとベッドの上にひっくり返り、大いびきをかいた。

師匠のことも美里のことも頭になかった。携帯電話にはたびたび宮野木社長からの電話が入っていたが、和馬は一度も出たことはなく、メールも見なかった。

そんなある日、和馬は鳴り止まないチャイムの音に夢を破られた。ベッドサイドの目覚まし時計は十時をさしていた。普段ならまだまだ白河夜船《しらかわよふね》でいる時間である。あまりのしつこさに和馬はベッドから抜け出してインターホンに出た。

「はい……」

英彦の顔が映し出されていた。

「和馬さん、大変なんだ。開けてよ！」

「どうしたんだ」

和馬は寝起きのどろりとした声で応じた。

「開けてくれよ。早く」

誰かに追われている気配だった。

和馬はドアロックを開錠するボタンを押した。

英彦が転がり込んできた。

「どうしたんだ？」

尋常なことではないと、和馬も目が覚めて英彦を抱き起こし、ソファへ運んだ。

「今朝、新宿の連中が事務所に殴りこみにきやがったんだ。事務所には雨宮さんと若い連中が二人いて、おれは電話を貰ってすっ飛んでいった。相手はチャカを持っていた。サイレンサーつきのトカレフだ。こっちにはドスしかない。おれたちは逃げたよ。若いのが一人チャカにやられた。雨宮さんも腕に一発喰らっていた。暗いうちは逃げられたが、明るくなっちゃあ隠れ場所がない。おれは猿江公園の藪《やぶ》の中に潜り込んだ。夜が明けて明るくなってからも連中が探し回っていた。おれは隙を見てタクシーを拾い、やっとここまでたどり着けたんだ。携帯は殴り合ってる最中に落っことしてしまって電話もできねえし、雨宮さんや他の連中がどうなったかもわからないんだよ」

英彦は悔し涙を流していた。

「雨宮さんに電話してみよう」

和馬は自分の携帯電話を取り上げて、雨宮の短縮ナンバーをプッシュした。

呼出音は返って来るが応答はない。

「会長の電話番号はわかるか？」

和馬の電話には千堂の電話番号までは入っていなかった。

「おれから電話してみよう」

英彦はそう言って和馬の携帯電話を受け取り、電話をかけた。

英彦の顔が曇った。

「出ないか？」

「ああ。他の社員にかけてみる」

英彦はいったん電話を切って別の番号をプッシュした。

「糞ッ、どいつもこいつも何やってるんだ！」

三人目の電話で、ようやく相手が出た。

「重雄《しげお》か。おれだ。英彦だ。……何？　会長がやられたって？」

英彦の形相が変わった。

「糞ッ」

英彦は携帯電話をソファの上に投げつけた。

和馬は英彦をなだめた。

「落ち着け」

「会長と、秘書の川口《かわぐち》さんがやられたそうです」

「やられたって、どこで」

「会長の自宅らしい」

千堂会長は清澄の隅田川沿いにかなり広い邸宅を持っていた。そこに三度目の奥方と家政婦の三人で暮らしていた。最初の奥方との間に三人の子供がいるが、三人とも父親のやくざ稼業には背を向けて、長男はアメリカへ留学してそのままアメリカでコンピューター関係のエンジニアとして働いているという。次男はさらに反抗精神に富んでいて、高校を出ると自衛隊に入り、それ以来一度も家には帰っていないという。三番目は女の子だった。彼女は中学を出ると母親の実家である鹿児島へ去り、母方の祖父母と暮らして、今は小学校の先生になっているという。川口という秘書は、その娘と高校の同級生で、その頃から男稼業に興味を持っていたため、千堂はいずれ娘と結ばせようと考えていたらしい。真面目な顔をした切れ者で、千堂組の改変も川口の時代を見る目の賜物《たまもの》であった。

「糞ッ。雨宮さんがやられて、会長と川口さんまでやられて、これで千堂組はおしまいだ！」

英彦が涙を振りまいて絶叫した。

「佐知子は？　佐知子は無事なのか？」

「わからねえよ」

英彦は涙を腕で払いながら首を振った。

「おまえのマンションにいたんじゃないのか」

「おれが会社へ駆けつけたときにはいたけど、後から電話したら電話も通じなかった。どこかへ逃げたかもしれねえし、とっ捕まったかもしれねえよ」

「……」

「もう終わりだよ。千堂組はこの世の中から消えちまったんだ」

その言葉が和馬の胸の中に、十二年前の事件の瞬間を思い起こさせた。チンピラの一人を奪ったドスで刺し殺した瞬間、すべてが終わったという絶望感よりも重い感覚が体の芯を走りぬけた。すべてが終わり、ここから先は暗黒の人生しかない。あるいは処刑台に上る階段しか歩く道はないという、氷のようにつめたい絶望感だった。救いようのない暗黒に落ちてゆく感覚が全身を覆《おお》いつくした。

しかし和馬は生き延びた。再生した、と自分では思っている。

これもすべて師匠の言葉のお陰だ。

《長旅に出ると思え。誰もいない荒野を歩き続ける長旅だ。十年になるか、あるいは二十年になるかわからないが、歩き続けろ。前を向いて歩くんだ。後ろを見てはいかん。決して後悔するな。反省など決してするな。闇の中をどこまでも歩き続けろ》

歩くのだ、足元を見つめて、どこまでも歩くのだ！

自分を励ます声を、和馬は胸の底に聞いた。

おれの歩く道を自分で決めなければならない……。

「おまえ、ドスは持ってるか」

和馬は涙の乾かぬ英彦に聞いた。

「ドス？　何をする気だ」

英彦の目はもう闘志を失っていた。負け犬の目だ。

「決まっている。持っているのか持っていないのか」

「ドスくらいは持っているけど、和馬、おまえ、まさか……、仇討ちなんて馬鹿なことを……」

「厭ならここでじっとしていろ」

英彦が胸元から取り出したドスを受け取ると、和馬はそう言い残して部屋を出た。事件がマスコミに流れて報道されれば、すぐさま宮野木や黒崎がやってくるに違いないと読んだ。そうなったら和馬はおそらく身動きできなくなるであろう。

英彦は追っては来なかった。完璧に打ちのめされたのであろう。和馬は通りへ出るとタクシーに乗り込み、新宿へ向かった。

六章　わが道

1

新宿の街は十二年前とはかなり様変わりしていた。旅から帰ってきてから二度ほど新宿の街へ足を踏み入れたが、空気さえ昔と変わってしまったような街の様相が和馬を受け入れようとせず、息苦しさを感じて早々に立ち去ったものだ。

しかし今の和馬は狼の感覚で新宿の街をさまよっていた。新宿のデパートで買った黒いジャンパーとサングラスをかけて、ジャンパーの裏側にはドスを呑み、獲物がかかるのを待って人ごみの中を歩いていた。

千堂会長や雨宮専務を襲った連中の正体はわかっていない。手掛かりさえない。わかっていることは佐知子をかどわかした塚本信也の背後にいる悪党組織が関係しているらしいということくらいだろう。

一日中歩き回って、深夜の零時過ぎに和馬は夕刊紙を買って新宿三丁目の安ホテルに入った。

夕刊紙には今朝方の事件が面白おかしく書き立てられていた。やくざ同士の抗争がこの世から消えて久しいが、久しぶりに見る派手な殴りこみと書き立てられていた。

その記事の中に、関東牧神会の相手は新宿に巣食う新手の売春組織ではないかと、面白い推測記事が載っていた。最近は売春といっても女のほうから売りつける売春に変化しているという。男が女を選ぶのではなく、女のほうから懐の暖かそうな男を選び、揉め事があると男が繰り出すという組織に変わりつつあるらしい。この組織はコールガール組織と一体になって、しかも組織の存在がわからないようにと、特別の事務所などは設けず、数人のチーフがあちこちと動き回って女たち、あるいは男たちを動かしているという。

そんな連中を探し出すのは、ほとんど不可能だった。佐知子をたぶらかした塚本を探し出すのがどれほど難しいか、考えただけでも途方に暮れる。そこで、目立つ格好をして向こうから接近して来るのを待つしか手段がない。

翌日、和馬は昨日とは別のデパートへ出かけ、上から下まで真っ白な服装にし、ブラウンのサングラスをかけ、靴まで白いブーツをはいて新宿の街に出た。

一日中、人ごみの中を歩き回ったが、声をかけてくる人物はいなかった。珍しげに眺めながら通り過ぎる男や女はいたが、それらしき人物は目の前に現れない。

翌日、和馬は方針を変えて、あまり人目に立たない裏通りを歩いてみた。白いジャンパーの下には、真っ赤なシャツを着込んでいた。

携帯電話には宮野木と黒崎からの留守電が二度も入っていたが、応えるつもりはなかった。和馬の奔走を知って躍起になって探しているのだろう。

二人の気持ちは理解できないではないが、その気持ちに応えるつもりはない。佐知子を強姦されそうになり、その悪党どもと対峙したときと同じ思いが和馬の心を占領している。この気持ちが消えるのは雨宮や千堂を殺害した連中の息の根を止めたときであろう。

それが西城和馬の心であるから仕方がない。

おれはすでに人を一人殺して十二年の刑を喰らっている。今度殺人事件を起こせば、確実に極刑が待っている。そうとわかっていても己を押さえ込むことはできない。

もう何も恐ろしくはなかった。

「おまえさん、殺し屋さんかね」

目の前に半白《はんぱく》の男が立ちふさがった。新宿御苑《ぎょえん》のコンクリート塀に沿った人通りの少ない道である。

「似たようなもんだ」

和馬はサングラスの下でにっと笑って口を歪《ゆが》めた。悪に見せたのだ。

《男なら悪になれ。善人になるな。善人や紳士には何もできない》

これも師匠の言葉である。月島のマンションを飛び出したお陰で、師匠の教訓が次から次へと浮かんでくる。

「コーヒーでもご馳走しようかね。それとも酒がよいかな」

半白の老紳士は驚きもせず、微笑を浮かべて和馬を誘った。

「コーヒーならご馳走になろう。ただし、美味いコーヒーにしてくれ」

「ブランドは？」

「苦味が強ければいい」

「ついて来なさい」

男は背を向けて歩き出した。百メートルほど四谷《よつや》方面へ歩いて、表通りに抜ける路地へ入ると、小さな喫茶店があった。〝エトランジェ〟とドアのガラスに大きく書かれていた。

ドアの向こうは十人も客が入れば満員という、狭苦しく薄暗い店だった。カウンターの向こうで中年の女性がコーヒー豆を挽《ひ》いているところだった。

「あら、お珍しい」

半白の男と知り合いらしく、気軽に挨拶をよこした。

「しばらく東京を離れていたものだから、ご無沙汰したね」

半白も愛想のいい言葉を返した。

「ヨーロッパですか？」

「スペインとイタリアにそれぞれ一ヵ月もいた。エトランジェが恋しかったよ」

「相変わらず、お口がお上手ですわ」

「本当だ。ママさんの顔が瞼《まぶた》から離れなくてね」

「光栄ですわ」

ママさんは目元を崩し、コーヒーの種類の注文を聞いた。

「こちらの客人は苦味がお好きだそうだ。わたしはエスプレッソで」

「畏《かしこ》まりました」

品のいいママは、奥へ消えた。

「客は一日に十人くらいしか来ない。好きでやってるお店らしい。世界中のコーヒーを取り寄せている。追加はお気に入りの豆を注文するといい」

客は和馬たちだけだった。

「殺し屋に何の用です？」

和馬はタバコを唇に挟んで質問した。

「新宿は、不思議なほど素晴らしい街です。死と生が渦巻いてます。この街が焼け野原になった終戦直後から、この街は江戸時代から続いた内藤《ないとう》新宿を返上して、生と死が渦巻く活気に満ちた大都会に変貌《へんぼう》したのです。生を求める者、死を求める者たちが、この街に押しかけています」

「おれは見てのとおりの殺し屋です。難しい話はわかりません、用がなければ帰らせてもらいます」

和馬はそう言って腰を上げた。

そこへコーヒーが運ばれてきた。

「あなたの探している人物が間もなくここに現れますよ」

半白の男が微笑んだ。

和馬は持ち上げた尻を椅子に戻した。

「どういうことです。おれが探している人間がどうしてわかるんです」

「この街を訪れる人はみんな眼が輝いている。眼は輝けば輝くほどその正体を現します。悪を求めているのか、それとも善を求めているのか、その輝きが語ってくれます」

「おれの眼が悪を求めているとでも言うのですか」

「怒りに燃えている」

老人はにっと微笑んだ。

和馬は一瞬、返す言葉がなかった。怒りに燃えているのは眼だけではない。全身が怒りに燃えて自分でも熱いくらいだ。

「おれが探している人間がここへ現れるというのは本当なんですか」

和馬は折れた。

「週に三度はこの時間に来ますから、そろそろ現れるでしょう」

「しかし、おれの正体さえ知らないあなたが、何でおれが探している相手がわかるんですか」

当然の疑問を、ようやく和馬は老人に向かって問いかけた。

「あなたの眼が語っておる。恐ろしいほどの殺意が輝いておる。しかも悪の輝きではない。悪に対する輝きじゃ。そんなお方が狙う相手は悪党に決まっております。この街に悪党は大勢おるが、それほどの強い怒りを受ける悪党といえば女がらみ以外にない。そうでしょう」

老人の目に初めて人の心を覗くような、怖いほどの眼光が点《とも》った。

「ええ」

和馬は頷いた。

「そろそろ現れるでしょう。わたしは退散させてもらいましょう」

老人が腰を上げ、

「美代《みよ》さん、後は頼みましたよ」

と、カウンターの内側にいた中年の女性に言葉をかけた。

「はい」

中年女性は素直に答え、老人は店の奥へ消えた。和馬はあっけに取られるような気分で見送った。男の正体や名前を聞きたかったが、それができないほど老人の背中は威厳を発散していた。

「誰です？」

和馬は品のいいママに老人が消えた店の奥のドアを顎でしゃくって聞いた。

「みんな〝オカさん〟と呼んでますわ。他のことはわかりません。どこに住んでいるのか、どんなお仕事をしているのか、誰も知りませんの」

その言葉が終わると同時に、入り口のガラス張りのドアが開いて、二人の男が入ってきた。二人とも、一目見て悪だとわかった。二十代の半ばだろうか。一人は細いジーンズ姿で背が高い。一人はがっしりとした体格を見せびらかすように、赤いシャツの前ボタンを腹ほどまで外し、筋肉が盛り上がる胸を曝《さら》け出している。

「いつものやつだ」

細いほうがママに注文してカウンターに腰を下ろしかけた。

「こっちへ来ないか、お二人さん。コーヒーくらいは奢《おご》らせてもらうぜ」

和馬は二人連れに声をかけた。

「トッポいファッションじゃねえか」

二人連れは顔を見合わせてから腰を上げ、和馬のテーブルに近づいてきた。

「新宿のお兄さん方に馬鹿にされてはいけねえと思いましてね」

「どこから来たんだ」

「地獄ですよ」

「うはは、地獄か。気に入ったぜ」

「お兄さん方、塚本というお仲間をご存知ありませんか」

「塚本？」

「高円寺辺りに住んでいると聞いたんですが」

「高円寺？　ああ、あの野郎じゃねえか」

「女に逃げられて騒動になった、あの野郎、信也か？」

「そうだよ。あの野郎、確か塚本信也といったんじゃなかったか」

「はい。たしかに塚本信也です」

和馬は快哉《かいさい》を叫びたい気分で二人連れに笑顔を見せた。

「野郎に用があんのかい？」

「どこへ行けば会えますかね」

「おい、あの野郎、ここへ呼んでやれ」

「ほんとですか？ それは助かりますねえ。塚本が電話に出たら、おれのことは言わないでくださいよ。びっくりさせてやりたいんで。古い友達とだけ言ってください」

「わかった。へへへ、その代わり高くつくぜ」

がっしりした体格の男が携帯電話を取り出してにやりと笑ってみせた。

「お礼はたっぷりします。懐はかなりあったかいんで」

和馬はジャンパーの胸を叩いてみせた。

「おい、信也か」

携帯はすぐにつながったらしい。

「おれだ。今井《いまい》だ。今どこにいる。すぐここへ来い。御苑裏のいつもの喫茶店だ。おめえに会わせたいお人がいるんだ。ああ、すぐだ。おお、待ってるぞ」

そう言って電話を切った。

「十分でくるそうだ」

「嬉しいね、塚本信也に会えるとは。さんざん探したんですよ」

「コーヒーができました」

店主の女性がコーヒーを運んできた。

「コーヒーはいらないんです。こいつらに飲ませるのは勿体ないでしょう」

和馬が笑って言った。

「なんだと、この野郎」

「おまえらの仕事は終わったんだ。少しの間、眠っててくれ」

言いざま和馬はがっしりとした男の胸めがけて、座ったままキックを飛ばした。男は無言で椅子からのけぞって後ろへ吹っ飛んだ。靴のつま先がみぞおちの急所を捉《とら》えていたので、そのまま悶絶《もんぜつ》した。

「何をしやがる!」

痩《や》せが立ち上がった。股間の急所がちょうど和馬の真正面に来た。そこへすかさず和馬がアッパーカットを放った。下から掬《すく》い上げたパンチが見事なまでに痩せの玉袋を捉えた。

「ぎゃ!」

痩せは短く叫び声をあげてその場にしゃがみこみ、頭を股間へ突っ込んでまるでカタッムリの格好になって床の上に転がった。

「すみません。こいつらを縛りたいんですが、何か紐《ひも》はありませんか」

店主の女性に告げると、彼女はカウンターへ走り、荷造り用の紐を持ってきてくれた。

和馬は二人の手足を手早く縛り、猿轡《さるぐつわ》をかませ、店の奥の目立たない場所へ引きずって横たえた。

それが終わると和馬は携帯電話を取り出して、英彦の携帯に電話を入れた。英彦はすぐに出た。新しいものを手に入れたようだ。

「おれだ」

「どこにいるんだよ。何度電話したと思ってるんだ。どこだ！」

英彦のがなり立てる声が鼓膜を震わせた。

「新宿三丁目の御苑の裏通りだ。そこまですぐ来てくれ。車でだ。うるさい、黙って聞け。事情は後でたっぷり聞かせてやる。急げ。何？　三十分だと？　二十分で来い。道に出て待ってる」

そう言って電話を切ったところへ塚本信也が現れた。

「あれ？　ウチの兄さんたちは？」

店の中を見回して店主の女性に聞いた。

「先に帰りましたよ」

和馬が応えた。

「おれに会わせたいって人は……？」

「おれですよ」

和馬は塚本に近づいてサングラスを外した。

「あ⁉ て、て、てめえは⁉」

和馬の顔をはっきりと覚えていたらしい。その顔は引きつった。

「覚えていてくれたようだな。礼を言うぜ」

和馬の肘が唸りをあげて塚本のチンに炸裂《さくれつ》した。

塚本の顎が九十度以上も上向き、店の隅まで吹っ飛んだ。そのまま気絶した。

「また、お騒がせしてしまってすいません」

和馬は塚本が完全に気絶していることを確かめてから、倒れたテーブルを起こして元に戻した。壊れてしまった椅子もあった。

「これは椅子の代金です。少ないですがとっておいてください」

和馬は札入れから万札を五枚ほど取り出して初老の女性店主に手渡した。

「こんなに貰いすぎですよ」

「いいんですよ。どうぞとっておいてください」

和馬はそう言って、

「この二人は後で警察にでも電話して片付けてくれますか」

「どうぞご心配なく。この連中には苦労してたんですの。お金は払わないし、喧嘩はするし。これでお店も少しは静かになりますわ」

店は閉めて、和馬は英彦を待つ間、コーヒーをもう一杯飲んでから塚本を後ろ手に縛り上げ、裏通りへ出た。

英彦の車は約束どおり二十分ちょうどに現れた。

「ご苦労。塚本をひっとらえた。この野郎をどこかで拷問にかけてグループのアジトを聞き出すんだ」

猿轡をかませた塚本を後部座席に放り込んで、その脇に和馬が乗り込み、車はすぐにスタートした。車は英彦の同級生のものを借り出してきたという。日産の軽自動車だった。

「とりあえず荒川べりへ行ってくれ」

「荒川？　あんなところで何をするんだ」

「川べりでまず痛い目にあわせてやる。この時間ならもう人気もないだろう。たっぷり可愛がれるぜ」

「なるほど。それで吐かなけりゃ、荒川へ捨てればいいってことだね」

英彦も心得て、怖い冗談を真面目に言った。

「荒川に着くまでに吐いてしまったほうが身のためだ。ボスはどこにいる」

和馬は後ろ手に縛られて転がされた塚本の耳たぶを引っ張った。

「し、し、知らねえよ」

「答えてしまいなよ。痛い思いをしなくて済むんだ」

耳たぶがちぎれるほどに引っ張った。

「ほんとに、知らねえんだよ。ボスはホテル暮らしだ。それも常に住所を変えているんだ」

「そんなことは承知のうえだ。今はどこにいるか聞いてるんだ」

「わからねえ。誰もそんなこと知らねえよ！」

「やっぱり荒川の水につけねえとだめだね」

英彦が物騒なことを言った。

「そうだな。そうしよう」

和馬も匙《さじ》を投げたふりをして答えた。

荒川べりに着いたのは陽が西に傾いて、川べりのマンションの窓に明かりの色が見え始めた頃だった。大島小松川公園にはもう人影は消えている。

和馬と英彦は塚本を左右から抱えるようにして川辺の土手へ出た。向こう岸の江戸川《えどがわ》区の町の明かりが瞬いている。

二人は左右から塚本の腕を取って土手を降り、さらに葦《あし》が繁茂する川辺の小道へ入り込み、荒川の流れの水辺へ進んだ。

夕闇を映す流れは静かにうねりながら河口へ向かって動いている。引潮らしい。

「さて、邪魔するものはいない。たっぷりと話してもらうぜ」

言いざま和馬は、塚本の腹部に拳《こぶし》を突き入れた。

ゲッ！　と呻いて塚本の体はくの字に曲がり、そのままそこへへたり込んだ。

「ボスはどこにいる。ボスでなくてもいい。関東牧神会を襲った連中のことを洗いざらい話してもらおう。話さなければ手足を縛ったまま荒川に飛び込んでもらう」

「ぼ、ボスは、パラダイスの、社長の大道《だいどう》さんだ」

「どこに住んでるんだ」

「おれたちにはわからねえんだ。嘘じゃない。おれたちは顔だってめったに見たことないんだ。幹部じゃないと知らないんだ。嘘じゃない」

「幹部は何人いる」

「大幹部が三人だけど、おれたちが会えるのは普通の幹部だけだ。それは六人いる」

「そいつらの名前を教えろ」

「山村《やまむら》幹部に、佐伯《さえき》幹部、氷川《ひかわ》幹部、川島《かわしま》幹部、室田《むろた》幹部、篠山《しのやま》幹部」

英彦がその名を和馬の携帯電話に入れた。

「そいつらの住所は？」

「山村幹部と川島幹部の住所しか知らねえ」

「電話番号は」

その二人の幹部の住所と電話番号も、携帯に記録された。

「もういいだろう。勘弁してくれ。釈放だろう」

「そうはいかん。おれたちは復讐《ふくしゅう》に出かける。それが済むまであんたはおれたちの捕虜《ほりょ》だ。殺されないだけ幸運だと思え」

「おれをどうする気だ」

「安心しろ。殺しやしない。だがな、貴様らはおれたちの仲間を少なくとも四人は殺してるんだ」

「お、おれは、やってないよ」

「うちの会長と専務を殺したのは誰と誰だ」

「はっきりとはわからねえけど、幹部の、氷川さんと、篠山さんだと聞いた」

「おまえはチャカを持ってるか」

「一応、持ってるけど……」

「どこにしまってある」

「家だ」

「家はどこだ」

「おれのチャカを盗もうっていうのか」

「借りるだけだ。言え。痛い目に遭いたいのか」

「言うよ。諏訪《すわ》町だよ」

その場所を詳しく聞き出し、部屋のキイを英彦が塚本のズボンのポケットから取り出した。

「命拾いしたな。仕事が終わるまではあんたの命は安心だ」

間もなく塚本を再度車に乗せて英彦のマンションへ向かった。

彼のマンションは住吉にあった。三階建ての小さなマンションの三階にあり、1LDKの日当たりのいい部屋だった。

「ここでおまえはこいつを見張れ。新宿攻撃はおれ一人でやる」

和馬は塚本を縛りつけたまま部屋まで送ると、英彦にそう言いつけた。

「冗談じゃないよ。おれも行く。この野郎は手足を縛り付けて転がしておけば大丈夫だ」

英彦は血相を変えて抗議した。

「駄目だ」

和馬は断固として命令した。

「何で駄目なんだよ」

「こいつはどんなに縛り付けておいても逃げる。逃げられたらこれからの仕事は確実に失敗する。逃げたらおれたちのことが敵に通じてしまうからだ。こいつは絶対に逃がすわけにはいかん。一日中見張っている必要がある。おまえはこいつから一分だって眼を離してはいかん。五日間、こいつを見張っていてくれれば確実に仕事は成し遂げられる」

「一人で大丈夫なのか」

「おれは五人を相手にして戦った。そしておまえの兄貴を殺してしまった。だから決して負けない。負けたらおまえの兄貴に顔向けできん」

「そうだな。おまえならやるだろう」

英彦も折れた。

「やるとも」

「こいつのことは任せろ。絶対に逃がさん」

英彦の決意を見て、和馬は安心して英彦のマンションを後にした。

東京の空はすっかり闇に包まれていた。錦糸町に住んでいた頃を思い出す。もう十二年も前のことなのに、夜の空はまるで変わっていない。錦糸町の町はすっかり様変わりしているのに、夜の空は少しも変わっていない。これはどういうことだろう？

そんなならちもないことを考えながら、和馬の足はいつの間にか関東牧神会のほうへ歩いていた。そのビルの入り口には、まだ警察官が歩哨《ほしょう》で立っていた。五階の牧神会の事務所の窓には明々と照明が点っている。まだ警察の現場検証が続いているのだろう。

和馬は錦糸町駅の裏側の衣料品屋へ立ち寄り、地味な服装を一揃い買い込み、その場で着替えて新宿へタクシーを走らせた。幸い金だけは何とかなった。宮野木社長は和馬の銀行口座に百万円振り込んでおいたと告げたが、実際には五百万という大金が振り込んであった。和馬が関東牧神会の仕事をするといって天人社から離れたときに、心配して百万に四百万を足して振り込んだらしい。

それが今は役に立っている。

タクシーは新宿から諏訪町へ向かった。塚本の話によると、幹部の山村は戸塚《とつか》町のマンション５０５号室に住んでいるという。山村が事件後の今もそこにいるかどうかは不明だが、訪ねてみる以外にない。首領と思えるパラダイスの社長・大道茂典《しげのり》や大幹部が事件後も新宿で仕事をしているとも思えないし、おそらく身を隠しているに違いない。第一、連中の所在場所がわからなければ攻めようがない。

戸山《とやま》の近くでタクシーを乗り捨てた。諏訪町の塚本のマンションはすぐにわかった。六畳と四畳半の汚い部屋だった。塚本の言ったとおり、玄関の下駄箱の中の靴の中にコルトの拳銃が隠されていた。

コルトをベルトの尻に挟みこんで、戸塚町に住むという山村のマンションを捜《さが》した。すぐにわかった。戸塚通りの左手の、少し高くなった場所に建つレンガ造りの高級そうなこぢんまりとしたマンションだった。

戸塚通りはまだ人通りが多くにぎわっていたが、マンションへ向かうゆるい坂道に入ると、そこはひっそりと静まり返って人影もなく、マンションの玄関もひっそりと静まり返っていた。

玄関のガラスドアは暗証番号をプッシュしなければ外部からは開かない仕掛けになっている。505号室のポストには女性の名前が貼ってあった。

松浪君代《まつなみきみよ》——。

自分の名前は出せないのだろう。用心深いことだ。女の名前だって偽名に違いない。

　和馬は呼び鈴のボタンを押した。左手の天井にカメラが取り付けられている。

「はい」

　女の声が出た。

「山村さんはおいででしょうか」

　和馬はカメラを見つめて穏やかな顔で言った。

「どちら様でしょうか」

　言葉遣いが丁寧だ。少なくとも新宿の街を徘徊《はいかい》するネエちゃんではなさそうだ。

「パラダイスのものです。塚本の友達で、石岡と申します」

　咄嗟《とっさ》のことで、つい英彦の苗字が口からこぼれた。

「少々お待ちください」

　間違いなくここが山村幹部の塒《ねぐら》らしい。

「山村だが」

　待つ間もなく、不機嫌を絵にかいたような声が出た。

「塚本の友達で、石岡と申します。夜分申し訳ございません。塚本から連絡があって、ぜひとも幹部の方に伝えて欲しいという話があったのですが、塚本が山村様の住所しか知らなかったので、幹部のお一人の山村様にお伝えしようと、こんな時間にお訪ねしたのですが」

「どんな話だ」

「ここではちょっと言いかねる重要な情報なんですが」

「それじゃ、上がって来い」

その声と同時に玄関のガラスドアが開錠されるカチッという音が鳴り、インターホンが切れた。

和馬は自動ドアの玄関を潜った。自分の作戦がこれほど簡単に成功したことににんまりと腹の中で微笑んでエレベーターに乗り込んだ。

五階が最上階だった。

５０５号室の前に立ってインターホンのボタンを押した。

頑丈そうな鉄製のドアが内側から開錠されて、静かに開いた。

明るい玄関の照明の下に、短パン姿の若い美女の顔があった。

「石岡です」

「どうぞお上がりになって」

「失礼します」

和馬は上がりこむと、短パンの美女の後について大きな窓のあるフローリングのリビングルームに通された。湯上がりらしい中年男が籐の椅子に背をもたせてテレビを見ていた。関東牧神会を襲って四人もの人間を殺害してまだ五日しか経っていないと言うのに、長閑《のどか》なものだ。

「塚本がどんな話を？」

山村はちらと和馬を見ただけでテレビに眼を戻した。テレビはニュースをやっていた。それも関東牧神会事件のニュースだ。犯人の目星はまだついていないらしいという、山村にとっては嬉しいニュースに違いなかった。

「警察はパラダイスに目を付けているそうですよ」

「なんだと？」

怖い眼が和馬を見上げた。

「塚本の話です。やつは警視庁にダチ公がいて、そいつからの情報だそうですから間違いはないといってましたが」

「本当か」

中年男の日焼けしたごつい顔が和馬を見据えた。幹部というだけあって、荒事には慣れている顔だ。入れ歯と見えて歯並がやけに白い。

「やつも慌てていましたから、嘘は言わないと思いますが」

「やつはどこにいる」

「門仲《もんなか》とか言ってましたが、何しろ逃げるときに携帯電話を落としてしまったとかで、公衆電話から電話してきたんです。だからこっちから連絡のしようがないんです」

よくもこれほどすらすらと嘘出鱈目《でたらめ》が出てくるものだと、和馬はわれながら感心しつつ言った。

山村は脇のテーブルに置いてあった携帯電話に手を伸ばし、短縮ナンバーを押して耳に当てた。

「比良《ひら》の兄貴ですか？　山村です」

和馬は聞き耳を立てた。おそらく大幹部の一人に電話をかけたのだ。

「今、不穏な情報がはいりました。警察はパラダイスに目を付けているそうです。……ええ、それはわたしも今、テレビで見ていたんですが、警察はカマかけておれたちを安心させる作戦ですぜ。ええ、間違いネエと思います。……はい、わかりました」

そう言って携帯を切ると、山村は和馬を振り返り、

「おまえは門仲へ急げ。塚本に貼り付いて情報をおれに送れ。おれは大幹部の比良さんのところへ急ぐ。おれの携帯に情報をくれ」

そう言いながら籐椅子から腰を上げた。ここで山村に逃げられたらこの作戦も水の泡

だ。なんとしても社長の懐へ飛び込んで息の根を止めなくては千堂会長や雨宮専務の仇討ちにはならない。

「おれも連れてってください。塚本とはおれが連絡を取りますから」

「駄目だ。おまえは都内に残れ。塚本にへばりつくんだ。塚本の友達なんだろう」

「いや。塚本を利用しているだけですよ。おれが用があるのはパラダイスの社長ですよ。どこにいるんです、社長というのは」

「なんだ、てめえ！」

「おれは関東牧神会の社員ですよ」

言いざま、和馬はにやりと笑って、同時に拳が山村の鳩尾《みぞおち》に打ち込まれた。

山村は声もなく身体を前に折りたたみ、そのままくず折れた。物音に気づいた女がキッチンから現れた。

「どうしたの？」

「気分でも悪いらしいですよ」

和馬は澄まして言って、近づいてきた女の鳩尾を手加減して突いた。女も声もなくその場に崩れた。

和馬は寝室へ入り込み、紐を探し出してきて二人を縛りつけ、女の口には猿轡をかませ、男の口にはタオルを詰め込んでその上から紐をかけ、さらに山村の携帯を奪って、今、山村がかけたナンバーを出し、そこへ通話のボタンを押した。

「なんだ」

緊張しただみ声が返ってきた。

「大幹部の比良さんですか?」

「おまえは?」

「山村さんの下っ端です。今、山村さんに呼びつけられてマンションへ来たんですが、山村さんが女と一緒に殺されています。息を引き取る前に、比良さんに電話しろといわれまして」

「殺されていただと⁉」

「刺されていました。どうしたらいいですか?」

「おまえの名前は」

「石岡です。塚本のダチでチンピラです」

「いいか、そこを動くな。佐伯幹部をそこへやる。それまでそこを動くな」

「承知しました」

和馬は電話を切ってにんまりとした。幹部連中をみんなここへ集めればいい。その次は三人の大幹部が集められるだろう。

そして最後はパラダイスの社長の登場ということになる。そこでまとめて料理してやる！

三十分後、佐伯幹部がやってきた。ボクサー崩れのような若い男が付き添っていた。

「山村の遺体はどこだ」

ボクサー崩れの手下よりも怖い顔つきの佐伯が和馬を睨みつけた。背丈は和馬よりも五センチは高い。

「寝室です」

山村と女はがんじがらめに縛り付けて寝室に押し込んである。それを見たときが佐伯の休憩時間に入るときだ。

佐伯が寝室のドアを開けた。山村が佐伯に気づいてぐるぐる巻きにされた身体をよじった。

「何だ、これは⁉」

佐伯が怒鳴り声を上げた。

「屑《くず》どものたまり場ですよ」

和馬は穏やかな顔でいいながら佐伯の鳩尾に拳を突き入れた。返す拳が手下の顔面に飛び、よろけた股間めがけて蹴りを突き入れた。

「げッ！」

手下が先に倒れこみ、佐伯がその上に重なって崩れこんだ。佐伯の首の後ろ側にとどめの手刀を打ち下ろした。佐伯は声もなく気を失った。

山村と同じように佐伯と手下を身動きできないまでに縛り上げ、意識のある手下を痛めつけた。

「電話番号を知ってる大幹部の名前を言ってもらおう」

「し、し、知るかい！」

「思い出させてやろう」

和馬は男の肩の一箇所に指一本を押し付けた。旅先で格闘家崩れのオヤジに教えてもらった急所攻撃だ。肩の骨の下に急所があって、そこは女の小指の力でも男が悲鳴を上げるほど痛いという。実際、和馬もやられたことがあるが、思わず悲鳴を上げてしまった。拷問には見逃せない急所だ。

男は悲鳴を上げて、十秒もかからぬうちに音を上げた。

「言うよ！　言うから止めてくれ！」

「言ってもらおう」

「遠山《とおやま》さんなら電話番号を知っている」

「おまえの携帯に入ってるか」

「入ってる」

男の胸ポケットから携帯電話を取り出して調べた。遠山という名前が入力されていた。

「これだな」

「そうだ」

「しばらく眠っていてくれ」

和馬は男の鳩尾に拳を突き入れた。男はうっと呻いて失神した。

佐伯と男の二人を縛り上げて、寝室に押し込め、男の携帯電話から和馬は遠山大幹部に電話を入れた。

電話番号は携帯ではなく、家庭電話の番号になっていた。

「はい」

用心深い声が出た。

「もしもし、遠山大幹部のお宅ですか？　おれ、佐伯の下っ端の石岡と申します。大変です。佐伯が山村さんに呼ばれて戸塚町のマンションへ来たのですが、遅れておれが行ったら、山村さんは血まみれになって殺されて、佐伯も血まみれでまだ息はあるんですが、遠山大幹部を呼んでくれと……何か重大な話があるみたいで、遠山さんに、ぜひ伝えたいことがあるといって……お願いです。至急、おいで願えませんか。電話では話せないことらしいんです。お願いします。お願いします。ああ、また血を吐いています！」

和馬は悲鳴のような声を上げて電話を一方的に切った。

こんなお芝居が打てる自分が、和馬は恐ろしかった。喧嘩の仕方も相手の騙し方も、旅先で知り合った悪党たちから教えられたものだ。菅原志津馬という人生の師匠から教えられた男の魂の中には含まれていない教育であった。

それでも和馬は師匠の教えと旅先の仲間が教えてくれた喧嘩のマニュアルとは矛盾《むじゅん》は感じなかった。現に和馬の暴力は、佐知子をチンピラの手から救い出している。あのとき、和馬の暴力がなければ、佐知子はチンピラどもに身も心もずたずたにされていたであろう。

師匠もわが身を守るために二十九人の飛び道具で武装したやくざを相手に木刀一本を頼りに一人で戦い、全員を打ちのめしている。

驚異的な暴力といわねばならない。暴力は犯罪ではあるが、しかし犯罪であると同時に、賞賛されるべき栄光でもある。師匠はそれを和馬に教えたわけではない。わが身の体験として淡々と語ってくれた。打ちのめした二十九人の相手に対するすまなかったという謝罪の気持ちと、そうしなければ今の自分がなかったという弁明がそこに含まれていることを、和馬は胸の温まる気持ちで耳を傾けていた。

しかし、師匠の教えは、

『戦え』

の一語に尽きる、と和馬は信じている。戦うことが男の使命である。

戦わずして勝利はない。

しかし、誰のために戦うのか？

『己のためではない。女のためだ』

師匠は静かにそう言ってにっこりと笑った。他のことのためになど、決して戦うな。戦うとしたら、女のため以外にない——。

その言葉が和馬を勇気づけている。

その言葉が恐れを吹き払ってくれている。恐れはなかった。己のためではなく、女のために戦っているという気持ちが、恐れや躊躇《ためらい》や不安を払いのけているのだろう。

気がつくと、時計の針は十一時を大きく回っていた。遠山に電話を入れてから一時間以上が過ぎている。

寝室を覗いてみた。手足を縛られ猿轡をはめられた四人の男たちと女が転がっている。

男どもはいましめを解こうと必死にもがいているが、和馬の縛った紐はそう簡単には解けるはずがない。

ドアを閉めようとしたとき、ベッドの陰から呻き声が聞こえた。山村のこの部屋にいた女だ。おそらく山村の愛人だろう。必死にもがいている。猿轡を嚙まされた口の奥から必死に何かを和馬に向かって訴えているような呻き声である。

「トイレか」

和馬は近づいて声をかけた。

女は首を振った。

「それじゃ静かにしていろ。いくらもがいたってその紐は解けない。体力を消耗《しょうもう》するだけだ」

そう言い残して去ろうとすると、呻き声はさらに激しくなり、必死に首を振りはじめた。

「おれに話でもあるのか」

和馬が問うと、女は首を縦に振った。

「わかった。猿轡を解いてやる。ただし、でかい声を出すとただではおかない」

女はわかったというように大きく頷いた。

和馬は猿轡を解いてやった。

女は大きく息をして喉を鳴らし、

「わたしはこの連中に騙されたのよ。お願い、助けて。貴方の力になるわ。この連中はずる賢いのよ。遠山がどんなに恐ろしい男か知ってるの？　必ずマシンガンを持って、数人の手下をつれてやってくるわよ。お願い。わたしを連れて逃げて。この連中は人間ではないのよ。人間の屑よ」

彼女の脇で山村が睨みつけるように女を見つめていた。

「仕事が終わったらあんたは解放してやる。安心しろ」

「一人で勝てると思ってるの？　遠山は悪魔よ。山村や佐伯のことなんか虫けらとしか思ってないのよ。ここへ現れたとしたら皆殺しにされるわ」

必死の形相で訴えた。

嘘ではなさそうだった。どんな相手でも戦う以外にないが、味方が一人でもいれば何かと役には立つ。

「わかった。ほどいてやろう。しかし逃げるわけにはいかない。おれは遠山であろうとなかろうと、こいつらと戦い、勝つためにやってきたんだ。おれの手伝いをすると約束できるか」

「必ず殺されるわよ」

「おれと一緒に殺されたいか」

止めを刺す質問であった。

「いいわ。こんな連中と一緒に死ぬより、少しはまともな死に方をしたいもの」

女としてはかなり度胸の据わった女だった。

「了解」

和馬は女の縛《いまし》めを解いてやった。

「遠山はおそらく忍び込んでくるわ」

女は痺《しび》れてしまったらしい手足をさすりながら言った。

「このマンションのキイを持ってるのか」

「キイなんか持ってなくても、忍び込む技を持つ手下がいるわ」

「そんな連中を抱えているとは、相当な悪だな」

「だから悪魔って言ったでしょう」

「その悪魔と戦う決心をするとは、あんたも相当な女だな」

「あいつが悪魔なら、わたしは魔女になってやる」

「そいつは心強い」

「警察を呼ぶ？」

「警察がここを見れば、この連中は被害者として釈放され、おれが犯人として逮捕される」

「それじゃ、遠山を待つのね」

「それ以外にないし、それがおれの目的だ」

「わかった。お手伝いするわ」

女はよろよろと立ち上がった。

「武器は？」

「この連中から取り上げたドスが二本。それとおれが持ってきたチャカとドスがあるだけだ」

「遠山は確実にマシンガンを持ってくるわ。部屋に入られたら最後よ」

「おれの目的はパラダイスの社長・大道茂典をおびき出すことだ」

「遠山を捕えられれば、社長も現れるかもしれない」

「社長の居場所はわからないか」

「都内のホテルを転々としているらしいけど、決まったホテルはないみたい」

「社長に会ったことあるのか」

「二度ほど会ったわ。スマートな初老の紳士よ」

「仮面をかぶった紳士か」

「後ろに大物が控えているみたい」

「組織か」

「ううん」

女は首を振り、

「永田町《ながたちょう》の実力者らしいわ」

「ほう」

永田町の後ろ盾があるとしたら、極道はおろか警察だってうかつに手は出せない。

「パラダイスというのは相当なものだな」

「そうよ。完全に煙のような組織なの。社長は勿論だけど、大幹部と幹部たちも、自分の棲家《すみか》は持たないわ。女の家から家へと渡り歩いてるの。だから警察も証拠を摑めないのよ」

「女の数もわからないのか」

「勿論わからないわ。女のほうも会社からは束縛《そくばく》されないし、売春も強制されるわけじゃないから、罪の意識もない。だから気楽にやっていけるし、女性から組織のことが漏れる心配もない」

「そして気がついたときにはがんじがらめになっているというわけか」

「新しい形の売春組織よ」

「女を餌《えさ》にして左団扇《うちわ》のパラダイス様ってとこだな。反吐《へど》が出るぜ」

和馬は次第《しだい》に不機嫌になるのを感じていた。社長という男をこの手で締め上げてやりたい。

「あッ」

不意に女が声を上げた。

「どうした」

「窓の外よ。今何かが光ったわ。カメラかも」

女は窓の外を見つめていた。

「あッ」

二人は同時に声を上げた。まさしく窓の外の闇にカメラのライトと思える閃光が光ったのだ。

「遠山だわ」

「カーテンを閉めろ」

和馬は言いつけてリビングルームへ走り、大きな窓のカーテンを閉じた。

和馬は歯軋《ぎし》りした。迂闊《うかつ》であった。女の話を信じていればこの時刻、窓のカーテンは当然閉じておくべきであった。これで室内の様子を相手に完全に読み取られてしまったことになる。遠山という男、喧嘩のやり方を知り尽くしている兵《つわもの》と見ていい。

これで遠山も捕えて次の段階——社長をここへおびき出すという作戦は潰れたことになる。

和馬が手にしていた携帯電話が鳴った。山村から取り上げた携帯電話である。

「はい」

和馬は冷静な声を返した。

「あんた、何者だ」

安っぽい脅しの声が出た。

「関東牧神会の西城という社員だ」

和馬はここまで来たのなら正体を明かす以外にないと思い、正直なところを告げた。

「牧神会の社員だと？　一人かい」

「一人半というところだ」

「一人半？」

憎々しげな声だった。

「山村の女が心を入れ替えて、おれの側に寝返ったというわけだ。知ってることはすべて聞いたし、警察にパラダイスのことを知ってる限り証言してくれると約束してくれましてね。力強い味方ですよ」

嫌味たっぷりに言ってやった。

「ただじゃすまねえぞ」

「ただですまねえのはそっちだろう。いいから早く遠山を出せ、アホンダラ」

口汚く吼《ほ》えてやった。この手の脅しと嫌がらせは旅先で出会った仲間から厭というほど経験させられているし教えられている。

「遠山だ」

待つほどもなく濁った声が出た。

「これは大幹部の遠山さんですか。山村や佐伯幹部が待っていますよ。助けに来てやってくれませんか」

「おまえ、ただもんじゃないな。どこの出だ」

「十二年間、旅に出ていたはぐれ者ですよ」

「なるほど、ムショ帰りかい。いい度胸だ。褒めてやるぜ」

「できれば二度と旅には出たくないんですよ。そちらから和解の条件を出してくれませんか。たとえば社長の首を差し出すとか。たやすいことでしょう。こちらは会長と専務と二人の社員の首を取られているんですから」

「山村たちの首、そっくりくれてやる。それでどうだい」

「それはないでしょう。こんな連中の首を貰っても腹の足しにもなりませんよ」

「勝手にしろ」

「交渉決裂ですね。総攻撃を掛けるなり、引き上げるなり、好きにしてください。警察だけは呼びませんから」

和馬はそう言って、あっさりと電話を切った。

「このマンションは一階の玄関以外に侵入できる場所はあるのか」

携帯電話をポケットにしまって、和馬は女に聞いた。

「外階段がついてるわ。万一のときに備えて、各階のベランダから降りられるようになっているの。もっとも、その階段は普段は二階で止まっているけど、管理人を脅すか買収すれば下までおりられるわ」

「五階まで上ってくると、ベランダ伝いにここまで来られるということだな」

「ガラス窓をぶち破れば侵入可能よ。でもそんな騒ぎになればマンションの住人が警察へ通報するわね」

「どんな手で来るか……」

和馬はソファへ腰を落として腕組みをした。

「長期戦でくると思うわ」

女が和馬の隣に座り込んで言った。

「食料品はあるか」

「明日の分くらいはあるわよ」

「出前を取ればいいか」

「あの連中も？」

女が寝室へ首を振った。

「二、三日食わなくても死にやしない」

「そうね」

頷く女の顔は頼もしいほど冷酷《れいこく》だった。

一睡もせずに夜が明けた。何事もなかった。

「今のうちに寝ておけ。交代で寝よう」

眼を赤くした女に和馬は声をかけた。

「今夜辺りが危険ね」

女はソファに横になって呟いた。

「なぜだ」

「今日は金曜日よ。週末の夜は家を空ける人が多いんじゃない？」

「なるほど。近所の家は留守のほうが殴り込みには向いてるからな」

「お昼まで寝かせて。そこで交代するから」

それだけ告げると、女はすぐに安らかな寝息を立て始めた。

和馬はその静かな寝顔を見つめながら、師匠に問いかけていた。

おれのやってることは間違っていませんか、と。

答えは聞こえてこない。戸塚通りから百メートルほども離れているせいか、車の音も街の喧騒も届かない。隣の寝室の客人も眠っているのか観念しているのか、静かなものだ。

窓のカーテンは閉じられて室内は隙間から差し込む昼間の明かりが微かに明るさをばら撒いているだけだが、この静けさは何かの予兆に思えてならない。

死の前の静寂《せいじゃく》か？

それとも平穏の前触れか？

おれの平穏とはなんだろう？

成人した一年目に人を殺す羽目になり、十二年間、ムショ暮らしを強いられ、やっと世の中に出てこられたと思ったら、半年もたたずにまたムショへ舞い戻ることになるのか？

これがおれの人生だとしたら、師匠に顔向けできない。師匠の壮絶にして逞《たくま》しい人生に比べたら、なんという情けなさであろうか。

これがおれの運命なのだろうか。それとも自分で愚《おろ》かにも道を間違えたのだろうか。

道を間違えたとしたら、佐知子に恋をしたこと以外にない。

佐知子がおれの運命を捻《ね》じ曲げたのか？

いや、違う。

佐知子はあの頃、清純で可愛く、幸福を約束されたような娘であった。喫茶店に勤めているときなど、客の誰からも好かれて、それでいて純情であった。世間知らずといわれるほど純真であった。

それをチンピラどもが捻じ曲げたのだ。その一人をおれは殺してしまった。正当防衛といえども、おれには殺意があった。佐知子を暴力で犯そうとした男が目の前にいて、しかもドスで襲ってきたら、殺意を持つのは当然であり、むしろ男としての誇りでさえある。

佐知子を男の魔手から救うためには、おれは何人だって殺したであろう。

か弱い女の操を守るために人を殺してどこが悪いんです。そうじゃないですか、師匠！

そう叫んだ自分の声に、和馬は正気を取り戻した。うつらうつらしていたらしい。

カーテンの隙間から差しこむ日射しはいつの間にか消えている。壁にかかった時計を見上げると、午後四時を指していた。

「あ、こんな時間」

和馬の気配で目が覚めたのか、女が慌てて飛び起きた。

「おれもうとうとしていたらしい」

「何事もなかったみたいね」

「あんたの言うとおり、日のあるうちは悪戯《いたずら》できないだろう」

そう言いながらも、和馬は玄関ドアのキイを確かめ、窓のカーテンの隙間から、ベランダを覗き、異常がないか確かめた。

戸外は西に傾いた濃い陽光を浴びて穏やかに静まり返っている。

女はキッチンに入って食事の支度をしていた。

「おなかがすいては戦はできないでしょ」

和馬を見て、女が茶目っ気たっぷりで言った。

「簡単でいい。満腹では喧嘩もできない」

「勝てる見込みはある?」

「そんなものはない。勝たねばならないと思っているだけだ」

「関東牧神会の会長さんや専務さんの復讐のためだけ？」

女はフライパンで野菜をいためながら難しい質問を投げかけてきた。

「おれは旅から十二年ぶりに帰ってきて、何をすればいいのか迷っているときに、関東牧神会に出会った。極道の看板を下ろし、これからは弱者である女性のために一肌脱ごうとしている会長の千堂さんに心を奪われた。女のために働ける——そう思って自ら進んで社員になり、佐知子という女をパラダイスの手から救った。それが仇《あだ》となって千堂会長も雨宮専務もパラダイスの手で抹殺《まっさつ》された。そうとわかっていて手をこまねいていられるか」

「女に優しいのね」

「そう見えるか」

「でも、それほど女は弱くはないわ。男って、女の弱さと甘えを履き違えているみたいね」

美里と同じような言葉が返ってきて、和馬はドキッとした。

「わたしは馬鹿だから男の甘い言葉に騙されたけど、騙されるのは男も女も同じよ。男だって女に騙されて大金を貸し、挙句の果てに殺されてしまった例もあるでしょう。騙される男も騙す女も弱いのよ。だからわたしは強い人間になりたい。強ければ絶対に騙されないし、相手を騙すこともない。男にはもっともっと強くなって欲しいし、女にももっともっと強くなって欲しい。強くなれるかなれないかはその人間の意志一つよ。女にとってはかなり難しいと思う。女はずっと男に凭《もた》れ、男に頼ってきたからね。だからわたしは言いたいの。男よ、強くなれ！　でも女はもっと強くなれって」

「女が強くなるのは難しいことだな」

「そうよ。日本の女はずっと甘やかされ続けてきたんだもの。江戸時代から昭和の戦後まで、日本では女は半人前として選挙権もない代わりに責任もない人生を過ごしてきたんだもの。日本の女性ほど甘やかされてきた女って、今の文明国家では珍しいくらいよ。だからこれからの日本人女性の前には長い坂道が続いているわ。アメリカやヨーロッパみたいに男と肩を並べられるまでには、あと何十年も掛かるでしょうね。でもその坂道をのろのろとでも上って行く以外にないのよ」

女の坂道か……。

随分物知りだなあと、感心しながら和馬は耳を傾けた。

「女が利口になるためには、今みたいに男が草食動物では駄目よ。もっともっと強い肉食動物でないと、女はますます駄目になるわ」

「いい意見だな」

同じことを美里も言っていたことを和馬は思い出した。

「それなのに男はどんどん弱くなっていく。昔の極道は、女を養ってなんぼといわれていたのに、今では女から貢いでもらってなんぼだもの。女が悪くなるのも仕方がないわよ」

女の声はだんだん熱を帯びてきて、口から唾を飛ばした。

「しっかりしろ、男……」

「シッ！」

女の饒舌《じょうぜつ》を不意に和馬が遮《さえぎ》った。ベランダに面したカーテンの隙間に断続的な光が走ったのだ。単なる光ではない。信号のような光であった。

和馬は部屋の照明を消すように女に言いつけて窓に接近し、カーテンの隙間から外を覗いた。このあたりは完全な住宅街である。外灯の光以外に夜陰を照らすものはない。その中で、懐中電灯らしい光が、このマンションの屋上あたりをめがけて光を放っていた。しかも点滅させている。

「そろそろ来るぞ」

信号らしい光がマンションの屋上に向かって信号を送っているとすれば、屋上からの攻撃を考えているらしい。五階建てのマンションだから、屋上はこの部屋のすぐ上だ。屋上からなら、玄関の自動ロックを破壊しなくてもこの部屋のドアの前までは静かに侵入できる。あるいはベランダの窓からだって侵入は可能であろう。

「あんたは玄関を見張れ。おれはベランダを守る」

「拳銃は？」

「あんたが持ってろ。おれはドスで充分だ。押し入ってきたら遠慮なく発砲しろ」

「判った」

和馬は闇の中を手探りでベランダの窓へ近づき、カーテンを思い切り音を立てて開いた。外の夜明かりが室内に差し込んだ。これだけ明るくすれば、連中も忍び込むことは不可能だ。ベランダに下りてくればいやおうなく和馬の目に晒《さら》される。願わくば一人ずつベランダへ降りてきて欲しい。団体で来られたら、いかに和馬といえども応対しきれない。

「来たわ」

女の声が玄関から聞こえ、同時に玄関のドアを破ろうとする金属音が和馬の耳まで届いた。

「こっちもお出でだ」

和馬は玄関に向かって告げた。黒い影が二つ、ロープに吊られてベランダに下りてきた。

和馬は窓を開けてベランダに飛び出すや、二つの人影めがけてキックと拳を飛ばした。

一人は股間を蹴られて悶絶し、一人は鳩尾に拳を受けて呻きながらベランダのコンクリートの上にへたり込んだ。

同時に頭上からサイレンサーの鋭い音が降ってきた。

プスッ、プスッ、プスッ、プスッ、

弾丸がコンクリートに撥《は》ね返り、その一発が窓ガラスに撥ねて鋭い金属音を残した。窓ガラスは強化ガラスらしい。

さらに人影が屋上から滑り降りてくる。今度は三人同時だ。先行の二人が倒されたことに気づいていないらしい。しかし降下してくる敵にうっかり近づけない。サイレンサーは容赦《ようしゃ》なく発砲されている。ベランダに降り立った黒い影めがけてキックを飛ばすくらいしかできない。

一人は倒したが二人が無事に着地して和馬めがけてサイレンサーを構えた。

和馬は体を沈めて同時に足を水平に振った。二つの影が足をすくわれてその場にへたり込んだ。その一人の顔面へ足蹴りを食らわせておいて、もう一人の喉めがけて踵《かかと》を振り下ろした。

ゲッ

男の喉が鳴ってそのまま動かなくなった。ベランダの上に五つの影が横たわり、最初の二人は起き上がろうともがいている。その二人にとどめの拳を鳩尾に叩き込んで、和馬は玄関の様子に聞き耳を立てた。

「大丈夫か」

まだドアのキイを破ろうとする音を聞いて、和馬は声をかけた。

「破られそう」

悲鳴のような声が返ってきた。

和馬は玄関へ走った。

「キイを壊されたわ」

女はドアのノブを両手で握りしめて必死に引っ張っている。キイは壊されたがまだ何かが引っかかっているらしい。それを押し切ろうとする力を女が全身の体重でこらえているのだ。

ドアの外には複数の敵がいるらしく、重苦しいほどの殺気が鉄製のドアの向こうから押し寄せてくる。ドアには隙間ができて、今にも完全に破られそうだ。

「チャカを貸せ」

和馬は女の胸元からチャカを取り上げ、ドアの隙間に銃口を押し付け引き金を引いた。

狭い玄関に反響する銃声が広がり、

ウッと呻く男の声がドアの外に聞こえた。

「糞ッ、ぶち壊せ！」

怒号が聞こえて、ドアが音を立てて引き開けられた。

同時にマシンガンが火を噴いた。和馬は一瞬早く女を抱きかかえて廊下へ転がり込み、チャカの引き金を引き続けた。すぐに弾切れになった。

「お前は寝室へ行け！」

和馬は女を奥へ突き放し、ドスを抜いてバスルームへ身を潜ませた。敵は銃声の危険を冒《おか》しても囚《とら》われの仲間を救い出すつもりらしい。手早く救って逃走すれば、警察の手を逃れることもできる。

「皆殺しにしろ！」

非情な命令がとんだ。

和馬は気がついた。敵は捕らわれた山村や佐伯を救い出すつもりはないらしい。殺すつもりなのだ。連中がパラダイスの犯罪を警察にしゃべる前に口をふさぐにはそれが一番手っ取り早い。

一人の黒装束が風呂場の前を風のように突っ切ってリビングルームへ入った。その隣の寝室には佐伯たちがぐるぐる巻きになって転がされている。

「糞。やられてたまるか！」

和馬の理性がぷつんと音を立てて切れた。彼は風呂場の脇の洗面所の出口からリビングルームへ飛び込んだ。マシンガンが背後で乱射されて、和馬の尻に激痛が走った。足が絡んでリビングルームの隅まで吹っ飛んだ。そこにゴルフクラブのパターが転がっていた。

それを手にして起き上がるや、近づいてきた人影に向かって横に払った。手ごたえがあって男が足のすねをパターに殴られてひっくり返った。その男の手から拳銃をもぎ取り、襲ってきた二人目の男を打ち倒した。

「どこにいる。大丈夫か！」

和馬はどこにいるのかわからない女に声をかけた。

「大丈夫よ。ここにいるわ！」

キッチンのほうから女の声が返ってきた。

玄関のほうから濁った怒鳴り声が聞こえた。

「火をかけろ！」

糞ッ！

和馬は敵の残虐《ざんぎゃく》さに歯軋《ぎし》りして、

「水を撒《ま》け！」

と、キッチンに向かって叫んだ。

火の玉が投げ入れられて同時に白い煙が放射された。噴霧器のようなものでガソリンか石油のようなものを振りまいたのだ。鼻を突く刺激臭がしたかと思うと、暗闇の中に火の玉が破裂して、それはすぐにあたりのものに燃え移った。

ベランダへ走ろうとする女の気配を感じて、

「駄目だ。窓を開けるな！」

和馬は必死に叫んだ。窓を開ければ空気が流れ込み、火は一気に燃え広がる。

「こっちへ来い！」

和馬は女とともに寝室へ駆け込んでドアを密封するしか手はないと思ったのだ。

しかし一発の銃弾が起き上がろうとした和馬の肩を貫いた。

「西城さん！」

女の叫び声を聞いて、和馬はその場に顔から崩れ落ちた。マシンガンの乱射の音が遠ざかり、同時に玄関から怒号が聞こえてくるのを感じながら、和馬は気を失った。

灰色と太陽の光が混じり合ったような、明るくもなく暗くもない世界を長い間放浪し

て、ああ、これがあの世というものかと和馬が納得した瞬間、

「戻れ！　来るな！　戻るんだ！」

天井から聞き覚えのある声が轟《とどろ》いた。

「師匠、師匠ですね？」

和馬は灰色と太陽の光が混じり合う上空の隅ずみにまで視線を泳がせた。しかし師匠の姿はどこにもない。

「師匠、どこにいるんです！　お姿を見せてください！」

「戻れ！　戻れ！　引き返すんだ！　ここはおまえが来るところではない！　帰れ！　わたしの命令だ！　しかし和馬、よくやったぞ……」

声は次第に遠のいていく。

「師匠！　師匠！　師匠！」

和馬は誰かに後ろへ引っ張られながら絶叫した。

その途端に、いきなり和馬の目の前が開けた。ぼんやりとしてよく見えないが、それがあの世ではなく、この世であると、嗅ぎなれない匂いでわかった。いつかどこかで嗅いだことがある匂いだ。

それに、慌てふためいたような女の声も聞こえる。雑多でややこしいしがらみが渦巻く

この世に違いない。

耳障りな物音や人の声が頭の上に響いた。

「西城さん、気がつきましたか？」

耳元で声が鳴り響いた。白い帽子が見えた。看護師らしい。

そうか、ここは病院か……。

「西城さん、西城さん」

うるさい！

と、和馬は腹の中で怒鳴りつけた。

「先生、早く！」

まるで天地がひっくり返ったような大騒ぎをしている。和馬の目には滑稽《こっけい》としか見えない。

ドタバタと周囲が騒がしくなった。この世の騒がしさだ。この世とは元来騒がしいものなのかもしれない。

「西城さん、気がつきましたか？」

白衣の男の顔が覗き込んだ。

ここはどこです？

と、和馬は聞いたが、声にはならないようだった。声も出ないとは、どういうことだ?

あの世に声だけ置いてきたのか?

白衣の男は和馬の手首を取って脈を取り始めた。ちらりと見えた自分の手首が、骨と皮だけにやせ細っていることに、和馬はどきりとした。これがおれの手首か?

「もう大丈夫だ。脈もしっかりしている」

白衣の男が嬉しそうな顔を和馬に向けた。

「よく頑張ったね。大したものだ」

腹が減りましたよ……。

声にはならない声で、和馬は訴えた。

「腹が減ったか。わかった、わかった。もう二、三日経てば美味しいお粥《かゆ》が食えるようになる。もう一息だ。頑張れ」

男は和馬の手を強く握り締めて看護師に何か言いつけ、去って行った。

和馬はようやく事態を認識できた。両腕の肘の内側には針が差し込まれ、鼻と喉には太いチューブが差し込まれている。これでは声が出るはずがない。体の隅ずみにまで神経が行き渡り、自分の身体の感覚が把握できると同時に、鈍痛や鋭痛があちこちに蘇った。

後でわかったことだが、和馬の受けた銃弾は、一発が心臓を掠《かす》めたらしい。致命傷に近い重傷で、意識を失って生死の間をさまようこと四ヵ月。

和馬が運び込まれた中野の警察病院ではほぼ諦《あきら》めかけていた。それが蘇生したのだ。

一度、蘇生してその後、二日ばかり再度、意識は消えたが、三日目に再度、意識を取り戻して、そのときには呼吸器は取り外されていたので、和馬は声を出せた。

「相棒は……」

和馬の口から出たのは、和馬といっしょに運ばれてきた女性の負傷者のことと、看護師はすぐに悟った。

「大丈夫ですよ。そろそろ退院できる頃です」

その言葉を聞いた和馬は、再度、眠りに落ちた。回復へ向かう安らかな眠りであった。

次に眼を覚ましたとき、目の上に妙に懐かしい顔があった。それが誰であるのか、すぐには思い出せなかったが、

「オヤジさんにあの世から追い返されたようだな」

その言葉で、和馬はそれが誰であるか認識し、にっこりと微笑を返した。

「追い返されました」

和馬も微笑を浮かべて答えた。

「わたしも黒崎も、この四ヵ月半もの間、生きた心地がしなかったぞ」

そう言う宮野木の眼が潤《うる》んでいた。

「心配かけました」

和馬のかすれた言葉に、宮野木は小さく首を振った。

「心配はいくらかけてもいい。オヤジさんにどれほど心配をかけられたことか。わたしも黒崎も慣れっこになっている。やはりオヤジさんの血を受け継いでおる。悪党を見ると黙っておれないんだな」

「軽率でした」

実際に和馬は、勝てる見込みのない喧嘩に自分から進んで突っ込んでいった無謀を後悔していた。あの喧嘩でパラダイス関係の者が三人死亡し、和馬とともに戦ったあの女が負傷している。敵はともかく味方であるあの女まで傷を負わせてしまったことは、胸が痛まないではない。

「しかし、わたしも黒崎も、これできみの進む道を理解できたと思っておる。きみの血の中には確実にオヤジさんの魂が脈打っている。それはわたしにも黒崎にもどうしようもないことだ。黒崎と話し合った。オヤジさんの生まれ変わりだと思って、ドキドキ冷や冷や、心配していく以外になさそうだな、と」

和馬には宮野木の真意がわかりかねる部分もあったが、宮野木が今回のことで冷汗を搔いたらしいということだけはわかった。

「相手は、どうなりました？」

もっとも気になっていたことを口にした。

「ああ……」

宮野木は微笑を浮かべ、

「パラダイスのボス・大道だけではなく、幹部連中全員が逮捕された。巧みな売春組織だった。若い連中に女をスケコマせてきて、女に小遣い稼ぎといって自由に売春させ、その上前《うわまえ》を撥《は》ねて組織に収める。女のほうは自由だし、男が保護してくれるから、安心して肉体を高く売れる。実に巧妙な手口だ。しかし壊滅した。大道はじめ幹部連中は、当分、シャバには戻れないだろう」

二日後、黒崎が見舞いに来た。宮野木と同じようなことを嚙み砕いて言ってくれて、和馬は改めて二人の和馬に対する気の使いようを知り、目に涙が滲んだ。

「言っておくが、今回の事件できみは警察からとやかく言われる心配はない。事情聴取くらいはされるだろうが、なんら罪に問われる心配はない。オヤジさんの喧嘩友達が本庁にいて、その人は先月定年退職になったんだが、退職前の一仕事だといって、刑事部長にまで掛け合ってくれたそうだ。きみは被害者になった。何の心配もなくゆっくりと療養できる」

「その人は、なんという人ですか？」

再度、旅に出ることは覚悟していたのに、お構いなしとは、一挙に肩の重みが取り払われた気分だった。

「立花警部さんだ。今は定年退職になって、ゆっくり四十年近くの疲れを取っているそうだ」

師匠には警視庁にまで喧嘩友達がいたのかと、和馬は新たな驚きに言葉がなかった。

それから一週間後に、和馬は歩けるようになり、二週間後に退院の日を迎えた。

片桐冴子《かたぎりさえこ》が迎えに来た。和馬とともに諏訪町のマンションで戦った女性の本名が片桐冴子であった。

「宮野木さんも黒崎さんも、忙しくて来れないけど、今夜、盛大な回復祝いをするからそのつもりで待っていてくれ、ですって」

タクシーに乗り込むと、冴子が告げた。

「嬉しいね。病院食にはうんざりしていたんだ」

それほど回復している自分が、和馬は密かに嬉しかった。

「月島に帰る前に錦糸町に寄って行かない？」

「いいね」

タクシーは冴子の指示通り、都心から京葉道路へ入って直進し、錦糸町駅前から四ツ目通りへ左折してすぐに今度は右折して停まった。

目の前に牧神会の入ったビルがあった。その入り口に和馬を出迎えるらしい人影がたむろしていた。

「お帰りなさい！」

いっせいに十人近い人影がタクシーを降り立った和馬に向かって駆け寄ってきた。その中には英彦や千堂、雨宮の下で働いていた極道上がりの若者の顔があった。

「どうしたんだ？」

こんな出迎えを受けるとは夢にも思わなかった和馬は狼狽《ろうばい》した。

「見舞いにも行けずにすみませんでした。牧神会の再建に飛び回っていたもんですから」

英彦が弁解した。

「牧神会が再建されたのか」

「今日、再建されるんですよ」

「そう。大黒柱さえ決まればね」

冴子が意味ありげな微笑を浮かべて口を挟んだ。

「どういうことだ？」

和馬にはわけがわからなかった。

「大黒柱はあなた以外にいないでしょう」

冴子が決め付けた。

「冗談じゃない。おれは勇み足を踏んで、きみにまで怪我をさせてしまったんだぞ。そんな資格はおれにはない。それにおれはまだ天人社の社員だ」

「いいえ、あなたはもう天人社の社員ではないわ」

いきなり後ろから声が掛かった。

「きみまで、何でこんなところに⁉」

そこには佐伯美里の顔まであった。

「今日から、天人社から派遣されてきましたの。あなたの秘書役として働かせてもらいますわ。あなたのこともわたしのことも、天人社はすでに了解済みですので」

「社長とは呼びません。親分がいいか、チーフがいいかご自分で決めてください」

冴子が付け足した。

宮野木さんと黒崎さんが言った、和馬の進む先は決まったというのはこれだったのかと、今、突然気がついた。

「好きなように呼んでくれ」

和馬はやけくそ半分、遊び半分の気持ちで言い捨てた。

「それじゃ、チーフ。オフィスへご案内しますわ」

「その前にもう一人紹介したい人がいますわ」

冴子がそう言って、前方の路上にたたずむ人影を目線で示した。

「!?」

和馬は思わず硬直した。

そこにぽつんとたたずんでいるのは佐知子その人だった。和馬は全身に冷たいものが沁《し》み込んで冷酷な神経が震えるのを感じた。

「帰ってもらってくれ。顔も見たくない」

硬い声が口をついて出た。

するといきなり冴子の顔が面前に来て、彼女の可愛い眉が吊りあがるや、

ピシ!

素晴らしく澄んだ音があたりに鳴り響き、和馬の頬に澄み切ったような痛みが走った。

「何をするんだ!」

和馬はびっくりした。

「何をするんだじゃないわよ。あなた、佐知子さんが毎晩、あなたに付き添っていたことを知らないの？　昼間は錦糸町の喫茶店の臨時雇いとして働き、夜は毎晩終電車がなくなるまであなたに付き添っていたのよ。たしかに佐知子さんは道を踏み外した。わたしもそうよ。でも、それは男の暴力のせいよ、言い訳じゃないわよ。男の暴力に女が勝てると思ってるの？　男だって胸元へドスや拳銃を突きつけられたら、坂を転がり落ちるわ。女の坂道は転がり落ちると底が深いの。彼女はその底から這い上がってきたのよ。普通では這い上がれない女坂を這い上がってきたのよ。誰のためだと思う？　みんなあなたのためよ！」

最後は悲鳴のような声で叫び、和馬の前に泣き崩れた。崩れながらも和馬の身体を叩き続けた。力のないビンタだった。

「わかった。有難う。きみのビンタの痛さは忘れない。永久に」

和馬は冴子を抱き起こし、路上に突っ立っている佐知子のほうへ足を進めた。

視界が近づくにつれて、佐知子の姿が清らかに見えてきた。十二年前に知り合った頃の佐知子に見えた。和馬を見つめる眼は澄み渡り、二十歳の眼に戻っている。これが女坂を上ってきた女の目か——。

「許してくれますか？」

静かな声が佐知子の口から漏れた。胸底に沁みる澄み切った声だった。

「明日、猿江公園で、おれとデートしてくれるかい？」

和馬は自然と言葉が出た。

「はい」

そう答えるや、佐知子の体が和馬の胸に飛び込んできて、
わああ！

大きな声で泣き崩れた。

「思いっきり泣いてくれ。泣いたおまえはもっと綺麗だぞ」

和馬は震える声をこらえて佐知子を抱きしめた。

西城和馬の新しい門出の一瞬であった――。

この作品はフィクションであり、実在の人物、団体などとはいっさい関係ありません。

一〇〇字書評

女　坂

切り取り線

購買動機（新聞、雑誌名を記入するか、あるいは○をつけてください）	
□（　　　　　　　　　　　　）	の広告を見て
□（　　　　　　　　　　　　）	の書評を見て
□ 知人のすすめで	□ タイトルに惹かれて
□ カバーがよかったから	□ 内容が面白そうだから
□ 好きな作家だから	□ 好きな分野の本だから

●最近、最も感銘を受けた作品名をお書きください

●あなたのお好きな作家名をお書きください

●その他、ご要望がありましたらお書きください

住所	〒				
氏名		職業		年齢	
Eメール	※携帯には配信できません		新刊情報等のメール配信を希望する・しない		

あなたにお願い

この本の感想を、編集部までお寄せいただけたらありがたく存じます。今後の企画の参考にさせていただきます。Eメールでも結構です。

いただいた「一〇〇字書評」は、新聞・雑誌等に紹介させていただくことがあります。その場合はお礼として特製図書カードを差し上げます。

前ページの原稿用紙に書評をお書きの上、切り取り、左記までお送り下さい。宛先の住所は不要です。

なお、ご記入いただいたお名前、ご住所等は、書評紹介の事前了解、謝礼のお届けのためだけに利用し、そのほかの目的のために利用することはありません。

〒一〇一-八七〇一
祥伝社文庫編集長　加藤　淳
☎〇三（三二六五）二〇八〇
bunko@shodensha.co.jp

祥伝社ホームページの「ブックレビュー」からも、書き込めます。
http://www.shodensha.co.jp/bookreview/

祥伝社文庫

上質のエンターテインメントを！　珠玉のエスプリを！

祥伝社文庫は創刊15周年を迎える2000年を機に、ここに新たな宣言をいたします。いつの世にも変わらない価値観、つまり「豊かな心」「深い知恵」「大きな楽しみ」に満ちた作品を厳選し、次代を拓く書下ろし作品を大胆に起用し、読者の皆様の心に響く文庫を目指します。どうぞご意見、ご希望を編集部までお寄せくださるよう、お願いいたします。

2000年1月1日　　祥伝社文庫編集部

女坂《おんなざか》　新生《しんせい》・女喰《おんなぐ》い　長編サスペンス

平成22年3月20日　初版第1刷発行

著者　広《ひろ》山《やま》義《よし》慶《のり》

発行者　竹内和芳

発行所　祥《しょう》伝《でん》社《しゃ》
東京都千代田区神田神保町3-6-5
九段尚学ビル　〒101-8701
☎03（3265）2081（販売部）
☎03（3265）2080（編集部）
☎03（3265）3622（業務部）
印刷所　堀内印刷

製本所　ナショナル製本

ISBN978-4-396-33563-2 C0193

祥伝社のホームページ・http://www.shodensha.co.jp/

祥伝社文庫

広山義慶　女喰《ぐ》い

一流商社の社員でありながら、鍛えぬいた性技で女をものにするスーパー・スケコマシ菅原《すがわら》志津《しず》馬《ま》の活躍。

広山義慶　女喰い（のしあがり編）

自らが牛耳る暴力団組織と手持ちの美女をフルに活用し、志津馬は見えざる巨悪との戦いの火蓋を切った。

広山義慶　女喰い（秘術編）

狙うはクラブのママとその妹。鍛えぬかれた体と秘術を駆使する志津馬の前に、二人は身も心も陥落した。

広山義慶　女喰い（脅迫《ゆすり》編）

大手都市銀行と暴力団の癒着を知った志津馬は、銀行頭取への脅迫を決意した。超悪党の熱い闘いが始まる。

広山義慶　女喰い（対決編）

超人的な性技を誇るスケコマシ・志津馬の命を狙って、美貌の女殺し屋が送り込まれて来た。

広山義慶　女喰い（絶技編）

〝麻薬は御法度《ごはっと》〟。米国マフィアのコカイン密売の申し出を断わった志津馬を襲う、巧妙に仕組まれた罠！

祥伝社文庫

広山義慶　女喰い　志津馬の獲物《えもの》

女のトラブルで東正会を破門され、無一文となった志津馬。古都金沢で再起を期すが、新たな敵が出現し…

広山義慶　おとこ殺し　女喰い・横浜《ハマ》の性戦

日本一の色事師が精を絞り尽くされ衰弱死。女の正体は中国四千年の性技を操る名器だった。志津馬危うし！

広山義慶　復活　女喰い

金の成る女たちに巣喰う裏社会を舞台に、志津馬が「落とし」の絶技を駆使するエロスとアクションの快作！

広山義慶　女喰い　天衣無縫

女のことは『超スケコマシ』菅原志津馬に訊け！　男にとって最大の謎、〝女〟の果てなき深淵を今日も探る。

広山義慶　悪名伝《あくみょうでん》

高校野球界のスターから極道界に身を投じた水城吾郎。知恵と腕力でのし上がる男の波瀾万丈！

広山義慶　絶倫坊

出所した伝説のヤクザ・村井《むらい》法源《ほうげん》は娑婆の変わり様に愕然。追い打ちをかけるよう、恩人・神代《じんだい》刑事の死…。

祥伝社文庫・黄金文庫　今月の新刊

西村京太郎　**日本のエーゲ海、日本の死**
十津川に立ちはだかる東京―岡山、七六〇キロの殺人。

大倉崇裕　**警官倶楽部**
アマチュアなのに、ホンモノより熱い「警察」小説!?

鯨統一郎　**なみだ学習塾をよろしく!**　サイコセラピスト探偵　波田煌子
お惚けセラピストが、子供の心の謎をスッキリ解決!

太田靖之　**産《うぶ》声《ごえ》が消えていく**
崩壊する産科医療に、若き医師たちが立ち向かう。

広山義慶　**女坂**　新生・女喰い
男よ、女を喰え!　現代の男女へ贈る衝撃作。

藍川　京　**誘惑屋**
一週間で令嬢を取り戻せ!女性をおとす秘技とは?

牧村　僚　**淫らな調査**　見習い探偵、疾る!
事件を追う司法浪人生が、なぜか淫らなことに!?

吉田雄亮　**逢《あい》初《ぞめ》橋《ばし》**　深川鞘番所
大滝錬蔵が切腹覚悟で〝御家騒動〟に挑む。

辻堂　魁　**風の市兵衛**
算盤も剣技も超絶。さすらいの渡り用人登場!

睦月影郎　**ごくらく奥義**
世を儚んだ青年が体験するこの世ならざる極楽とは?

中村澄子　**新TOEICテスト　スコアアップ135のヒント**
最も効率的で着実な勉強法はコレだ!

エリック・マーカス　**心にトゲ刺す200の花束**　究極のペシミズム箴言集
きっと癖になる疲れたこころへのショック療法。

山平重樹　**ヤクザに学ぶクレーム処理術**
カタギが知らない門外不出のテクニック公開!